狐の眉刷毛（まゆはけ）

小鳥神社奇譚

篠　綾子

幻冬舎時代小説文庫

狐の眉刷毛（まゆはけ）

小烏神社奇譚

狐の眉刷毛（まゆはけ）

小烏神社奇譚

目次

一章　狐の火

一

六月の半ば過ぎともなれば、陽射しが地面をじりじりと焦がすような暑さとなるものだが、この夏、江戸の町は旱天が続いていた。

「やれやれ、水やりを怠ると、大変なことになるぞ」

小烏神社の薬草畑を世話する医者、立花泰山はぶつぶつ呟いている。

「お前たちも、この暑さじゃつらいところだよなあ」

十薬の葉を触りながら、泰山は薬草に話しかけた。これは特段めずらしいことではなく、いつものことだ。

「そうか。つらくても耐えてくれるか。お前たちは立派な草だなあ」

その時、カアとカラスの鳴き声がした。

「おお、お前は私が治してやったカラスではないのか」

泰山はカラスがとまっている木の枝を見上げ、話しかけた。カア、カアとカラスが応じる。

泰山は鳥獣を診る医者ではないのだが、この神社でカラスの治療に当たったことがあった。順調に快復したそのカラスはやがて空高く飛び立っていき、野生にかえったはずなのだが……。

「やはり、あのカラスなんだな。いや、実のところカラスの区別はつかんのだが、あれだけ私に向かって挨拶してくるところを見れば、そうなのだろう」

泰山の独り言が終わるか終わらぬうちに、再びカラスがカアカアカアと立て続けに鳴く。

すると、その声につられるかのように、縁側に人影が立った。

「ああ、竜晴。邪魔しているぞ」

泰山は振り返り、この小鳥神社の宮司、賀茂竜晴に挨拶する。

この神社では泰山が勝手に中へ入り、薬草の世話をするのをよしとしていた。特に用事がない限り、泰山が庭先から声だけかけて去っていくのも、よくあることだ。

「どうしたのだ」

と、泰山が尋ねる。

「いや、まったく噛み合わない対話を聞かせられるのは、何やら落ち着かなかったのでな」

と、竜晴は応じた。

「ん？　噛み合わない対話とは何のことだ」

泰山が訊き返した時、カラスがカアーと、どことなく申し訳なさそうに鳴いた。

「いや、何でもない。それより、薬草の世話は終わったのか」

竜晴はカラスの方には目を向けず、泰山に尋ねた。

「ああ。患者さんのお宅を回ってから、また寄らせてもらう」

と、泰山は答え、空になった水桶と柄杓を手にした。

泰山が薬草の世話をするのは、これまでは一日一回であったが、旱天の続く今は一日二回となっている。

「あ、そうそう。忘れるところだった」

水桶と柄杓を片付けた後、薬箱を担ごうとした泰山はそこで手を止め、竜晴に向き直った。

「これをお前に託そうと持ってきたのだった」

懐から薄い冊子を取り出し、竜晴に渡した。

「これは、木版で摺られた本ではないか」

どうしてこんな貴重なものを持っているのかと、竜晴は訊いた。

「もちろん私が買ったわけではない」

泰山は生真面目な調子で答えた。

「実は、患者さんから頂戴したものなのだ」

「患者さんから――？」

「私の患者さんに、金持ちはいないと思っているのだろう」

泰山は苦笑いしている。治療代の払えない人からは無理に金を取らない主義のため、泰山の患者には貧しい人が多かった。そのため、泰山がいつも窮乏しているのを、竜晴も知っている。

「実は、とある材木問屋のご主人を診ることがあったんだ。体の丈夫な人で、今まで医者にかかったことがないという。ちょっとした夏風邪だったんだが、日ごろ丈夫な人ほど、一度病にかかると弱気になってしまってね」

とにかく、泰山のお蔭で快復した主人は、たいそう感謝した。治療費にさらなる礼金を添えたばかりでなく、冊子本まで譲ってくれたのだという。

「それにしても、なぜこの本なんだ。本草書の類なら分かるが……」

竜晴が渡された冊子には、『御伽草子』とある。『御伽草子』は短い話や言い伝えを絵入りで載せたもので、子供ならともかく、泰山を喜ばせるとは思えない。

「それなんだよ」

と、泰山は訴えかけるように言った。

「私は本草書しか読まないから、丁重にお断りしたんだ。けど、そのご主人は書物が大の好物でね。読むだけじゃなく集めるのもお好きなんだ。特にこの『御伽草子』は子供から大人まで楽しめるものだから読んで損はない、とにかく持っていけと押し通されて……」

「なるほど、断り切れずに受け取ってしまったというわけか」

竜晴の言葉に、泰山は渋い顔をした。

「読書の楽しみとやらを滔々と聞かされた後では、要りませんと言いにくかった」

「しかし、そういう形で受け取ったのなら、これはもうお前のものだろう。どうして私に渡す。面白かったから私にも読んでみろ、と？」

「いや、私は読んでいない」

泰山はきまり悪そうに竜晴から目をそらした。

「どうも、その類のものを読むのは性に合わん。本草書なら一晩でも読み続けられるが、その手のものは数葉で眠くなってきて……な」

「しかし、捨てるわけにも売るわけにもいかず、埃（ほこり）まみれにするのも気が引ける。だから、私に押し付けようというわけか」

「お前なら、この類に馴染（なじ）みがあるのではないか。神仏の話だとか、妖力を持つ獣の話だとか、そういうものらしいし……」

「ふむ」

竜晴は手にした本を少し捲（めく）った。

「『狐（きつね）の草子』に『木幡狐（こわたぎつね）』、『玉水（たまみず）物語』、『玉藻（たまも）の前（まえ）』か。なるほど、すべて狐の話だな」

すらすらと言う竜晴に、「何だ、お前はすべて知っている話か」と泰山が呟く。

「ふむ。まあ、このあたりはよく知られた話だからな」

「そうなのか。私はどれも知らなかったぞ」

と、泰山は驚いたふうに言った。

「『一寸法師』くらいなら知っているがな。あれは、医術の神とされる少彦名命を雛形としているわけで」

「知らぬ話ばかりなら、なおのこと、お前が読めばよかろう」

竜晴が本を差し戻そうとすると、泰山は「いや、私は眠くなるからいいんだ」と逃げ腰になる。

「それより、大輔殿が喜ぶかもしれん。来たら見せてやってくれ」

小烏神社へよく来る少年の名を挙げ、「とにかくお前に預けるぞ」と言い置くなり、泰山は慌てて去っていった。その姿が完全に見えなくなるのを見澄ましたように、縁の下からは白い蛇がにゅっと顔を出し、近くの木からはカラスが舞い降りてくる。

「竜晴さま、この愚かなカラスめが医者先生に余計なことをほざいたせいで、ご面倒に巻き込んでしまい、申し訳ございません」

白蛇の抜丸が身をくねらせながら謝罪した。その本性は古い太刀の付喪神で、ふだんは蛇の形をしている。

「何だと」

と、いきり立つ気振りを見せたものの、カラスはしゅんとうなだれた。こちらも、カラスの形をしているものの、本来は古い太刀、小烏丸の付喪神だ。

「まあ、確かに我が悪かった。竜晴、お前を巻き込むつもりはなかったんだ」

小烏丸はしおらしく謝った。が、これだけは言わずにおれぬと口を開く。

「しかし、あの医者先生が草に話しかけて、勝手に納得しているのを見ていたら、どうにも黙っていられなくなってな」

「それで、言霊を操る力のない者は草に話しかけても無駄だと、医者先生に説いたわけだな」

と、小烏丸の後を受けて抜丸が言う。「そうなんだ」と小烏丸が勢いよく応じたところへ、

「しかし、医者先生はお前の言葉を解する力も持っていない。そんな医者先生に語りかけるお前こそ、まったく無駄なことをしている」

と、抜丸がさらに言葉を重ねた。

怒った小烏丸は、口より先に羽をばたばたと動かす。細かな羽毛が飛び散ったものだから、抜丸が嫌そうに頭を左右に振り、最後には舌を突き出して小烏丸を威嚇した。

「よさないか」

竜晴が冷えた声で言うと、付喪神たちはすぐにおとなしくなった。それから抜丸は改まった様子になり、

「それにしても、竜晴さま。狐の話だけを集めたとは嗜好が偏っていますね。御伽草子といえば、『天稚彦草子』だと思いますが」

と、話を変えた。『天稚彦草子』とは、蛇が長者を脅してその娘を妻とするが、蛇に言われた通り娘がその首を切ると、蛇が美しい男に変身するという物語である。

「いやいや、御伽草子といえば、『鴉鷺合戦物語』であろう」

小烏丸が負けじと言い返した。これは、カラスの男がサギの娘に恋をし、そこから両族の合戦が起こるという物語だ。

「まあ、蛇もカラスも御伽草子に出てくるが、その数の多さでいえば、狐に及ばな

いということなのであろう」

竜晴が二柱（ふたはしら）の言い分を適当に受けて言う。小烏丸と抜丸は互いに顔を見合わせ、

「なぜ、狐の話が多いのでしょう、竜晴さま」

と、抜丸が不審げに問いかけた。

「我もそれは不思議だ」

と、めずらしく小烏丸が抜丸に同意する。

「まあ、蛇は人の嫌われものだが、狐とて人を騙（だま）す生き物として嫌われていよう。その狐がカラスよりも多く、御伽草子に顔を出すのは納得がいかぬ」

「何が嫌われものだ。それを言うなら、カラスこそ人の嫌われものであろう。蛇は嫌われているのではない。畏怖（いふ）されているのだ」

再び付喪神たちの諍（いさか）いとなりかねない様子になったところで、「まあ、落ち着くがいい」と竜晴が割って入った。

「お前たちはそもそも、カラスでもなければ蛇でもなかろう。その形をしているというだけで、本性は付喪神ではないか」

そこで、小烏丸と抜丸は再び顔を見合わせた。そういえばそうだった、とでもい

うかのように。

「泰山がまた帰りがけに寄ると言っていたが、この暑さでは弱る薬草もあるだろう。抜丸、適度に目を配ってやってくれ」

竜晴は言い置き、御伽草子の冊子を手に、部屋の中へ戻っていった。

抜丸は恭しく見送った後、薬草畑の様子を見に地を這っていく。小烏丸はカアとのんきな鳴き声を立てるなり、再び先ほどの木の枝へ飛び上がっていった。

二

抜丸は竜晴の夕餉の膳を支度し、いつものようにいそいそと給仕にいそしんでいたのだが、竜晴が「ご馳走さま」と箸を置くなり、

「お知らせしたいことが」

と、おもむろに切り出した。竜晴の食事の世話から後片付けなど、その世話をするのは主に抜丸の役目で、そういう時は竜晴の呪力で人型に変えてもらう。この時の抜丸は水干姿の子供の形をしていた。

と、訊き返す竜晴に、麦湯を冷やしたものを差し出しながら、抜丸は口を開く。

「医者先生が竜晴さまとの約束を違えたようでございます」

怒りをこらえた様子で抜丸が言うと、何の手伝いもせず、その場に座っていた小烏丸が「ん？」と興味を示した。こちらも、今は抜丸と同じく少年の姿をしている。

「あの方は、薬草の世話をすると約束されましたが、毎日とか一日おきとか、細かな取り決めをしたわけではありません。これまでも雨降りには来ないことがありましたし、それは妥当なことと私も思います。けれども、今日、あの方は帰りにまた立ち寄ると言いました。竜晴さまに対してはっきりそう誓いながら、それを破るのは見過ごせません」

「ふむふむ。確かに一度口にした言葉は、頭の中で思い浮かべただけの言葉とはまるで異なる」

小烏丸が訳知り顔でうなずいてみせた。

「昔の人は、口にした言葉を決して違えなかった。それは神との誓いだったからだ。ゆえに、できないことや覚悟のないことは決して口にしなかった。しかし、今の人は大した覚悟もなく、その場の思い付きで言葉を操るようになってしまったというわけだな」

まったく情けない——というふうに、小烏丸が首を振る。

「こやつの言うことに同意するのは業腹なのですが、まったくその通りです。あの医者先生などは、人の中ではまあ誠実な方に入ると思っていましたが、それでこのありさま。今の世の人々のいい加減さには、あきれ返る他ありません」

抜丸はもはや怒りをこらえる努力も忘れたのか、すっかり憤慨した口ぶりで訴えた。

「ふむ……。泰山が来ると言った約束を違えたのか」

竜晴は麦湯を飲み干した後、ごく淡々と言った。

「まことであれば、許されざることだ。神であれ人であれ、およそ言葉を操る者であれば、言葉には魂が宿るということを忘れてはなるまい」

怒りをまったく含まない声色で、抑揚をつけずに竜晴は言う。

「まったくです。鬼ですら、一度吐いた言葉には責めを負うというのに」

抜丸は相変わらず怒っていたが、小烏丸はそんな同類をじっと見つめた後で、

「しかし、考えようによっては、言霊を操る力が弱いゆえに、人はいい加減な言葉を吐くのではないか」

と、言葉を選ぶようにしながら口を開いた。

「言霊の力が弱ければ、言葉を違えたところで、大した罰が当たるわけではない」

その小烏丸の言葉に、抜丸が飛びつく。

「私が申し上げたいのはそのことです。確かに、あの医者先生には言霊を操る力がなく、自分の言葉で自分自身を縛ることもできない。だからこそ、我々があの先生を懲らしめ、言葉の重みを味わわせてやらねばなりません」

「何？　あの先生を懲らしめる？」

小烏丸は吃驚した様子で声を上げた。「我々」と抜丸が言う以上、その懲らしめる側に小烏丸が入れられているのは想像に難くない。

「いや、別にそこまでしなくても、あの医者先生は、話せば分かる人なのではないか。そうだ、竜晴から一つ、厳しめに忠告してやればいい」

「何を甘いことを言っている。人というのは都合の悪いことはすぐに忘れる生き物だ。ただし、それが痛みや悲しみを伴う出来事として刻まれれば、正しい行いができるようになる。我々はその手助けをしてやろうというのだから、医者先生から感謝されこそすれ恨まれる筋合いではない」

抜丸から厳しい口調で言われると、小烏丸は「いや、まあ、その通りではあるのだが」と、めずらしくたじたじになる。一方の抜丸はさらに勢いを得た様子で、

「人が苦痛を覚える罰といえば、生老病死というところだ」

と、自信ありげに言い出した。その言葉に、小烏丸は飛び上がらんばかりに驚いた。

「何を言い出す。生死に触れられる神は限られており、我らの手の出せるところではない」

「そんなことは言われるまでもない。老もまた死を司る神の領分であり、そのことも弁えている」

抜丸は胸を張って言い返し、それから態度を改めて竜晴に向き直った。

「そこで、私としてはあの医者先生に、病を与えるのが最もよい懲らしめ方だと思うのですが、竜晴さまはいかがお考えになられますか」

「ふむ。病を治す医者の泰山にあえて病を与える、か。それは確かに、さまざまな

含蓄ある懲罰ということになろうが、しかし」

と、竜晴はそこでいったん口を閉ざした。

「何か問題がありますでしょうか」

抜丸は自分の考えに過(あやま)ちがあったのかと、不安げな表情を見せる。

「問題というなら二つある。まず、懲罰を加えるのなら、苦しみを与えるのは本人のみとするべきだ。泰山が病にかかれば、そのせいで患者を診てやれなくなり、患者たちも苦しむ。もちろん泰山にとって、それは自分の罹病(りびょう)以上につらいことだろう。だから、懲罰の効果でいうなら覿面(てきめん)だが、本人以外の者を巻き込むのはよろしくない」

「はい。それは私の本意ではありません」

抜丸は迷うことなく、竜晴の言葉に同意した。

「そして、もう一つ。泰山がまことに言葉を違えたと、今ここで決めつけるのはまだ早いのではないか」

「竜晴の言う通りだ」

その言葉に、小烏丸が飛びついた。

「医者先生は、話しかけずにいられないほど薬草を大事にしているんだ。あの先生が厳粛なる言葉というものを、どれほどの覚悟で使っているかは怪しいところだが、少なくとも薬草の命をいい加減に思うような人間ではないと思うぞ」

そこを衝かれると、抜丸もすぐには言葉を返せず、「うむむ……」と腕組みをしながら悩み始めた。しばらくそうしていたが、

「ふうむ。抜丸はもう悩まなくてよくなりそうだぞ」

と、竜晴が言ったのを機に、付喪神たちははっと顔を上げる。その後すぐ、

「りゅ、竜晴ー、大変だっ！」

と、庭の方から泰山の大声が聞こえてきた。

「お前たちはその場を動かぬように。泰山に気取られるな」

と、付喪神たちに忠告を与えた後、竜晴は立ち上がって縁側に出た。ちょうどそこへ泰山が転げるように駆け込んでくる。

「どうした、遅かったな」

「ああ、具合の悪くなった患者さんがおられたので、その対応で遅くなってしまった」

と、泰山は肩で息をしながら説明した。

「そうか。お前がここへ来ると言った言葉を違えたのかと思ったが……」

竜晴はのんびりとした口調で応じたが、泰山はそれどころではないと、竜晴の言葉を遮って言う。

「大変だ。私はたった今、ここの鳥居をくぐる狐火を見たんだ」

「狐火だと？」

「ああ、蒸し暑い晩などに、山中に現れるという狐火だ。列をなして人を迷わせると聞くが、私が見たのは一つきりだった。青白い炎がすうっとこの神社の中に吸い込まれていくのを、確かに見たんだ」

「ふうむ、そうか」

「そうかって、落ち着いている場合か。狐がこの神社で悪さをしようとしているかもしれないのだぞ」

泰山は竜晴とは反対に、すっかり落ち着きを失くして取り乱していた。

「しかし、お前は迷わなかったじゃないか。ちゃんと目指している場所へ、こうしてたどり着いている」

竜晴が言葉を返すと、泰山はふと我に返った様子で、まじまじと竜晴を見つめ直し、それから自分の手や足に目を向けた。自分の体のどこにも異常はないことを確かめた後、

「確かに、私は無事らしい」

と、気の抜けたような声で言う。

「私の目にもそう見えるぞ」

竜晴も真面目に応じた。

「まあ、狐火のことは心配してもらわずとも大事ない。今のところ異変はないが、仮にこの後、何が起ころうとも、私に対処できぬことはない」

「そ、そうか。他の者が言えば、その自信はどこから来ると言いたくなるが、お前ならば本当に安心していいのだろう」

相変わらず気の抜けた声で言い、泰山はそれからやっと思い出したように、

「薬草の世話をしなければ――」

と、言い出した。薬箱を地面に下ろしてから、湿り気を確かめるように畑の地面に手を触れたのだが、

「お前が水をやってくれたのか」

と、すぐに晴れやかな顔を竜晴に向けた。竜晴は返事をせず黙っていたが、泰山はこれまでにも同じようなことがあったので、竜晴が水やりをしてくれたと勝手に思い込んだようである。泰山が来ないのにしびれを切らして、水やりをしたのは抜丸であったのだが……。

「悪かったな。来るのが遅れてしまって」

泰山は竜晴に頭を下げた。

「それはいいが、夕餉はどうした?」

竜晴が尋ねると、泰山は少しきまり悪そうな顔をする。

「実は、患者さんのお宅でいただいてきたのだ。その、急な対応を迫られたという患者さんなのだが……」

「ほう、そうだったのか。お前に夕餉を振る舞えるだけの懐の豊かな患者さんなんだな」

「今朝、話した人のことだ。『御伽草子』をくれた……」

「ああ。材木問屋のご主人か」

風邪ひきの治療は終わっていたのだが、念のためにと思って寄ってみたら、主人の風邪が移ったのか、その老母が寝込んでいた。そこで、その治療に当たって帰りが遅くなったのだが、主人からは急なことで申し訳ないと頭を下げられ、夕餉を振る舞われたということらしい。

「まあ、お前を大事にしてくれる患者さんがついて、よかったことだ」

「患者さんと医者はずっと付き合うものではないがな」

そうなっては困るというふうに泰山は言ったが、金持ちの患者を受け持ったことで、暮らしぶりにも少し余裕があるように見える。

「それじゃ、また明日、寄らせてもらう」

提灯（ちょうちん）を貸そうかと言う竜晴の言葉を、この時刻なら大丈夫だと断り、泰山は帰っていった。その背中が完全に闇の中へ消えてしまうのを待ってから、竜晴は「さて」とおもむろに口を切る。

薬草畑の一隅に据えられた目はじっと動かなかった。すると、闇に沈んでいたはずのその場所に、小さな青白い火が点（とも）った。それは徐々に大きくなっていき、やがて人の手くらいの大きさになる。

「久しぶりだな、四谷の狐殿」

と、竜晴は宙に浮かぶ炎に目を据えて言った。

三

青白い炎はゆっくりと一匹の真っ白な狐を映し出していった。そして、狐の本体が姿を現すのと同時に、炎の勢いは少しずつ弱まっていく。炎はちょうど狐の胸の辺りに位置していたが、白狐が完全にその姿をさらした時にはもうすっかり消えていた。

「ご無沙汰しておりました、小烏神社の宮司殿」

白狐は恭しいしぐさでお辞儀をした。その時には、小烏丸と抜丸も竜晴のすぐ後ろに姿を見せていたのだが、

「それに、付喪神の方々も」

と、白狐は丁重に付け加える。

「ふうむ。最後に会ったのは、清水谷にあった稲荷神社を四谷に遷され、その文句

を言いに来た時のことだったかな」

竜晴が言うと、白狐は「文句などとはとんでもない」と首を大きく横に振った。

「わたくしどもはあの天海殿の言い分をすべて受け容れ、おとなしく四谷へ移りました。少々強引なやり口と思わぬわけではございませんが、反対したからといって何が変わるわけでなし。あの折はそのご挨拶にと、こちらの神社にも参った次第でして」

三年前、江戸城の外堀を普請することになり、清水谷の稲荷神社を四谷に遷座することになった。稲荷神に仕える白狐がそのことを竜晴に伝えに来た、というより、自分たちの不遇を訴えに来たのがこの時のことである。

稲荷神社の遷座を決めたのは公儀の役人たちだが、稲荷神と狐の説得に当たったのは、寛永寺の住職を務める天海大僧正であった。おそらく、天海に楯突くことができなかった腹いせに、白狐は自分のところへ文句を言いに来たのだろうと、竜晴は考えている。

「まあ、それはそれとして。今宵はどんなご用向きかな。何の用もなく、おぬしがここへ来るはずもあるまい。長の話になるというなら、中へ上がってもらってもかまわないが」

「お申し出に感謝します。できれば、ゆっくりと話をさせていただければありがたいのですが」

再び丁寧に頭を下げる白狐を、竜晴が中へ上げようとしたその時、

「その前に竜晴さま。この狐めに己の失態を分からせてやりませんと」

と、抜丸が一歩前へ進み出て言った。

「ふむ。我も同じように思うぞ」

と、小烏丸も言い、張り合うように抜丸より前に出る。二柱とも狐を格下と見なしているのがあからさまだったが、白狐は腹を立てはしなかった。稲荷神に仕える狐は、むろん畜生道の生き物などではなく、狐の霊の中でも天狐と呼ばれる最上層の狐である。とはいえ神そのものではなく、神社では狛犬の代わりに置かれることはあっても、信仰される対象ではない。

一方、付喪神は人から大事にされることによって神となったものであり、人を慕いもするし、小烏丸や抜丸のように人に仕えるものさえいたが、いやしくも神と呼ばれる身。であれば、神のお供の狐と同列に語られるわけにはいかぬと、必要以上

に威張り散らしている。

竜晴が間に割って入るより早く、

「おぬしの狐火が人に見られていたのだ。神に仕える狐として恥を知るがいい」

と、抜丸が偉そうに言った。白狐は神妙な態度でそれを聞き、

「それは申し訳なかったと思います。まさか、人に見られているとは思いもしませず」

と、うつむき加減で謝罪した。

「そもそも、おぬしは狐火を見せるも消すも自在なのであろう。なぜにわざわざ火を見せたりした」

小烏丸がこれも仰々しい物言いで尋問する。

「狐火は人を惑わせるものと思われているようですが、それはわたくしども天狐の為すところではなく、格下の野狐どものしわざでございます。そして、わたくしが先ほど狐火を見せましたのは、小烏神社を訪問するに当たり、敬意を表してのこと。人であれば、先触れの声を上げるのと同様、訪問を知らせようとの心遣いでございまして、その他の意図はございません。もっとも、あの人間の男に見られたことで、

すぐに狐火も消さざるを得なくなりましたが」

「なるほど、この神社の神域に入った時点で、私が気配を察知できるようにとの配慮だったわけか」

竜晴の言葉に、白狐はふさふさした尻尾を振ってその通りですと応じた。

「それにしても、人の気配を覚り損ねるとは迂闊でございました。人の心に渦巻く妬み嫉みに野心、怨念、功名心に闘争心――その手の邪気を読み取ることにかけて、わたくし、自信はあるのでございますが」

と、白狐は首をかしげている。

「おぬしは人の気配を邪心で感じ取るのか」

「はい。目や耳を使うより、わたくしどもには確かでございますので」

「しかし、狐殿。人の心とはそうしたものばかりではなかろう」

竜晴が言うと、白狐は慌てた様子で弁解を始めた。

「いや、わたくしとて、人を邪気にまみれたものと思うわけではありませぬ。無論、美しい心延えを持ち合わせている人も多い。しかし、それを一片たりとも持ち合わせぬ非道な輩もおりましょう。逆に、邪心の欠片も持たぬ人とは、この世に存在いたしませぬ」

竜晴は少し沈黙した。白狐の言い分が不快だったわけではなく、それが人の本性として例外なく当てはまるのかどうか、検める必要を感じたからであった。すると、いったんおとなしくなっていた抜丸が再び口を開き、

「今のおぬしの言い分には物申したい」

と、割り込んできた。

「ここにおわす竜晴さまは人でいらっしゃるが、邪心など持ち合わせておられぬことは明白。そのことについて、おぬしはどう考えるのか」

「竜晴に無礼を働く者を、この社へ入れるわけにはいかぬぞ」

小烏丸も抜丸に同調する。白狐は「ああ、そういえば」と怯むことなく応じ、

「こちらの宮司殿のことは失念しておりました。というのも、宮司殿は人というよりむしろ、我々の側に近いお方と思っておりましたので」

と、続けた。途端に、威張り返っていた小烏丸と抜丸が顔を見合わせ、困惑した様子になる。

「いや、まあ、確かに竜晴は特別な者と言うべきだろうが」

「ええ。竜晴さまを除いて、と申すのであれば、まあ、人が多かれ少なかれ邪心を持っているという考えに、私としても同意できぬわけではない」

どことなく照れ隠しを滲(にじ)ませながら、二柱は互いに言い合った。その目の中には、「この白狐、悪い奴ではないな」という共通の思いが宿っている。

「それでは、もう狐火の話は終わりだ。とにかく中へ入って、用向きを聞こう」

竜晴が話を打ち切り、白狐を中へ迎え入れると、抜丸は慌ただしく竜晴の膳を片付けに奥へ退き、小烏丸はいつもは何もしないのに、どういう気まぐれか白狐のために座布団などを用意してやっている。

やがて戻ってきた抜丸は、竜晴と白狐にそれぞれ麦湯の入った茶碗を差し出した。

「この度はお願いがあってまいりました」

と、ひと息吐(つ)いた後、白狐は竜晴に告げた。

「実は、わたくしどもの仲間が成仏できずに苦しんでいるようなのでございます」

「おぬしの仲間とは、狐ということか」

「さようです。正しくは、かつて狐としてこの世に生を享(う)けたものの、執心ゆえに成仏できず、この世をさすらっている狐の霊でございます」

「なるほど、執心ゆえに成仏できぬ狐とは、あまりお目にかかれるものではなさそうだ」

「その狐は特別なものだったのでしょう。といって、わたくしも姿を見たことがあるわけではなく、はっきりしたことは申せないのでございます。ただ、同じ狐の身ゆえ、その苦痛を感じ取ることはできまして。宇迦御魂さまにお縋りしましたところ、小鳥神社の宮司殿にお力を貸していただくのがよかろうと——」

「力を貸すとは、要するにその狐を見つけ出し、執心を祓ってやるということであろうか」

「はい。そうしたことはわたくしにはできませぬし、宇迦御魂さまのお仕事でもございませんので」

白狐は目を伏せると、あとは神妙な態度で竜晴の返事を待つふうである。

「その狐の居場所も分からず、執心の中身も分からぬのでは、容易な話ではないと思うのだが……」

「それはわたくしも分かっております。ただ、わたくしが察知したからには、その者が江戸の町をさすらっていることは明らか。それも、わたくしが過去に立ち入った場所に入り込んだと思われます。たとえば、清水谷の辺り、ただ今、宇迦御魂さまが鎮座する四谷周辺、そして――」

「小鳥神社のあるこの上野の周辺か」

と、白狐の言葉を引き取って竜晴が言う。

「はい。特に上野は江戸の鬼門であり、宮司殿や例の天海殿といった験力（げんりき）のあるお方がおられますから、そこに知らず知らず引き寄せられることは十分にあり得ると思うのです」

「なるほど。放っておけば、その狐が江戸の町に害なす物の怪（もののけ）に転じる恐れもあると、脅しも入っているわけか」

竜晴が言うと、白狐は両耳をぴんと立て、

「いえ、さようなつもりはまったく」

慌てた様子で首を振った。

「そちらにそういう意図がなくとも、この話を大僧正さまが聞けば、そのように受け取られるだろう」

「だから、あの方と話をするのは気が引けるのです」

と、白狐は溜息まじりに言う。そして、宇迦御魂が天海ではなく竜晴の名を先に挙げたのも、それが理由だろうと推測を述べた。

「ふむふむ。あの大僧正を胡散臭いと言うおぬしの気持ちは、我にも分からぬではないぞ」

小烏丸が突然割って入ってくる。かつて天海から不動の金縛りの術にかけられた小烏丸は、その後もずっと警戒心を持ち続けているのであった。

「いえ、わたくしは胡散臭いなどとは一言も……」

おかしな誤解をされては困るとばかり、白狐は言葉を返したが、「まあまあ」と竜晴が宥めた。

「そういうことなら、私としても放ってはおけぬ。江戸を守らんとする大僧正さまに力を貸すと約束した手前もあるゆえな。もちろん、この話は大僧正さまのお耳にも入れなくてはなるまいが」

「その折は、宇迦御魂さまがそちらを脅すつもりなどないことを、しっかりと伝えてくださいませ」

「分かった。どちらにしても、宇迦御魂さまにしろ狐殿にしろ、黙って遷座を聞き容れ、誰に祟るということもなかった。そのことは大僧正さまとて承知しておられるはず」

決して悪いふうに受け取ることはあるまいと竜晴が言うと、白狐はやっと安心した様子で息を吐いた。それから居住まいを正し、改めて深々と頭を下げると、

「それでは、この件、四谷の稲荷神社に鎮座まします宇迦御魂さまにお仕えする天狐が、小烏神社宮司賀茂竜晴殿に希いたてまつりまする」

と、厳かな調子で告げた。

「委細承知。小烏神社宮司賀茂竜晴がしかとお引き受けいたそう」

竜晴も威儀を正し、堂々とした物言いで受ける。

神に仕える天狐と宮司の間における、揺るがしようのない盟の言葉はここに交わされたのであった。

二章　玉水の前

一

四谷の天狐が現れた翌日、小鳥神社に氏子の花枝と大輔がやって来た。二人は姉弟で、父親の朔右衛門は近くの旅籠、大和屋の主人である。

二人とも竜晴を慕い、頻繁に小鳥神社へ足を運ぶため、医者の泰山とも顔見知りになっていた。

「竜晴さまあ、昨晩、狐の火が出たんだって？」

表の玄関口ではなく、庭へ現れた大輔は挨拶代わりに大きな声で言った。

「これ、いきなり何を言うの」

と、花枝は慌てて弟の頭を小突き、

「申し訳ございません、宮司さま」

と、縁側へ現れた竜晴に恐縮した様子で頭を下げる。

「ようこそお越しくださいました、花枝殿に大輔殿」

竜晴は柔らかな物腰で二人を迎えた。

「それにしても、狐の火のことを知っているとは、泰山から聞きましたか」

竜晴の問いかけに、答えようとする弟の口を封じて、花枝が答える。

「はい。こちらへ向かう途中で泰山先生とお会いしたんです。宮司さまのことを心配しておられました」

「まだ心配していましたか。そういえば、今朝ここへ立ち寄った時も、何やら様子をうかがっていたようでしたが……」

小烏丸と抜丸からの報告を思い出し、竜晴は呟いた。

「まったく、泰山先生も因果な性分だよなあ。狐の火が現れたなんて、こんな面白いことはないってのに、心配ばっかしてるなんてさ」

大輔はその言葉通り、狐の火で大いに楽しもうと思っているらしい。

「この子はもう、面白いだなんて」

花枝はしきりに恐縮するが、竜晴は「かまいませんよ」と気軽に応じた。

「大輔殿は狐の火に興味がありそうだな」

まだ十三歳の大輔を相手にする時は、竜晴の物言いもくだけたものになる。

「うん。狐の火って、人を騙そうとする悪い狐のしわざなんだろ。竜晴さまを惑わそうなんて生意気な狐の顔を、俺も拝んでみたいと思ってさ」

大輔は意気揚々と言うが、花枝は弟ほど気楽にはなれないようで、

「本当に、竜晴さまを惑わそうとしたのでしょうか」

と、心配そうに呟いた。

「もしや、邪な術など用いたりしたのではありませんか。いえ、宮司さまならば、そんな狐の一匹や二匹、容易く退けてしまえると信じてはおりますが」

竜晴に向けられた花枝の眼差しには、不安と信頼が入り混じっている。

「泰山にも言いましたが、何が起ころうとも私に対処できぬことはないので、ご心配には及びません」

竜晴が花枝に目を向けて言うと、花枝の顔はぱあっと明るくなった。

「そうですよね。宮司さまに限って、怪異の類にやられるはずがありませんもの」

信頼のこもった眼差しを竜晴に注ぎながら、花枝は言う。

「泰山先生のご心配をお聞きしているうち、つい余計な気を回してしまって」

「心配してくださるお気持ちはありがたく受け取っておきましょう」

竜晴の言葉に、花枝はすっかり舞い上がっていた。その隙にとばかり、

「それよりさ、竜晴さま。狐は本当にやって来たの？」

と、大輔が興味津々という様子で訊く。大輔は竜晴の近くにあって、死霊に憑かれた人間を間近に見たこともあり、怪異の類と無縁ではない。しかし、本人が霊を察知する力を持つわけでも、霊に憑かれやすい体質というわけでもなかった。

「狐火で人を惑わせようという狐は、通常、野狐というのだ」

竜晴は大輔の問いをはぐらかし、話をそらした。

「奴らは、ふつうの狐がそこそこの霊力を得た輩なのだが、力を得てからの歳月も浅く、神に仕えるわけでもない。この野狐たちがいわゆる狐火を見せて、人を惑わす悪さをする」

「ふうん、じゃあ、竜晴さまのとこへも野狐が来たの？」

「いや、来ていない」

とだけ、竜晴は答えた。野狐が来ていないのは本当である。そして、天狐が来た

ことまで言う必要はない。

「なんだ。じゃあ、泰山先生の早とちりだったのか」

「私は泰山と一緒に狐火を見たわけではないので、早とちりと決めつけることもできない。ただ、狐火を見たからといって、野狐が人の前に現れると決まったわけでもないのだ」

「きっと宮司さまのお力の偉大さを察して、狐の方が遠慮したのでございましょう」

花枝が横から口を挟んだ。

「そっか。確かに竜晴さまが相手じゃ敵わないってんで、尻尾を巻いて逃げ出したってことはあるよな」

と、大輔も花枝の考えに納得した様子を見せる。

「ところで、たまたま狐の出てくる『御伽草子』を泰山から渡されていてな。大輔殿に見せてやってくれと言われているのだが、そちらに興味はあるかな」

竜晴が話を変えると、大輔は「『御伽草子』かあ」と、少し興味を惹かれた様子を見せたものの、

「でも、それって字を読むんだろ。俺、話を聞くのは好きなんだけど、字を読むのはまだるっこしくてさあ」

と、溜息まじりに言う。大輔に悪びれた様子はまったくなかったが、花枝は「まったくもう、この子は」と恥ずかしそうに顔を赤らめた。

「寺子屋で読み書きそろばんは、一通り仕込んでもらってるんです。でも、商いで大事なのはそろばんだって、親が言い聞かせていたものですから」

「俺、そろばんはけっこう得意なんだ」

と、大輔が胸を張って言う。

「読み書きだって、商いに無用なわけじゃないでしょ。『御伽草子』、けっこうなことじゃないの。お借りして、ぜんぶ写し取るといいわ」

花枝の勧めに、大輔は「えー」と不服そうな声を上げる。

「いや、そう気が進まないのなら、無理にしなくてもよいでしょう。泰山自身もこういう類はまったく読まないと言っていました」

竜晴が二人の間に入って言うと、「そうなの？」と大輔は意外そうな表情を浮かべた。

「もっとも、字を読むのが嫌いというわけではなく、本草書の類しか読まないということらしい」

「泰山先生はお前のような怠け者とは違うのよ」

と、すかさず花枝が言う。

「まあ、大輔殿は『御伽草子』に興味がないわけでもなさそうだから、私が少しだけ中身をお話ししよう。さらに興味が湧いたら、自分でも読んでみればいい」

「あ、ぜひそれでお願いします」

と、大輔は調子よく言い、花枝も渋々ながら承知する。二人ともこの後は暇だというので、竜晴は部屋へ上がるように勧めた。

「うわあ、生き返ったような心地がするよ」

大輔は縁側から部屋の中へ入るなり、その涼しさに歓声を上げた。

「本当に。外が暑かったせいかしら」

と、花枝も顔をほころばせている。しかし、しばらくすると、二人は互いに顔を見合わせて、妙な表情を浮かべた。

何か変ではないか、とどちらの顔も言っている。日が照った暑い外を歩いてきたから、部屋の中が涼しく感じられるのは、これまでの経験から分かるとしても、この涼しさは度を越えていやしないか。

「どうかしましたか」

竜晴が湯呑みに水を注ぎながら尋ねた。

「いや、この部屋の中はずいぶん涼しいなと思って。そのう、外より涼しいのは当たり前だけど、うちなんて風が通らない時はすごく暑いからさ」

大輔が複雑な表情で答える。竜晴の手もとに注がれた花枝の目も複雑そのものであった。まるで二人の客人が来るのを分かっていたかのように、湯呑みがちょうど二つ用意されていたのだ。しかも、竜晴から差し出された湯呑みの水は驚くほど冷えていて、実にうまい。

「え、このお水、たった今、井戸から汲んできたみたいに冷えているね」

と、大輔が目を丸くして言う。

「お二人が今、抱いている疑念については、『気』をもって説くことができます」

「気……？」

「ええ。まず『気』を操ることで、寒暖の感じ方を調えることができるのですが、私は常にこれを行っています。そして、この『気』というものは、人に限らず、他の生き物や命を持たぬ物にも備わっている」

「物にも備わってるって、たとえば、この湯呑みにもあるってこと？」

大輔が手にした湯呑みを気味悪そうな目で見つめながら訊いた。

「その通り。その湯呑みなどはまだ新しいものだが、これも時を経て人に使われ続ければ、付喪神としての命を得る。その萌芽となる『気』がその茶碗には宿っているわけです。そして、私はこの気の調節を、他者に対しても行うことができます」

「つまり、宮司さまは私たち二人やこの湯呑みの水の気を操り、寒暖の感じ方を調えられたということでございますね」

花枝が驚愕しつつも、理解を示して言うと、竜晴は穏やかな微笑を浮かべてうなずき返した。

「おっしゃる通りです。ご不興とあれば術を解きますが、どうしますか」

「いやいや、このままにしてくれよ。何なら、ずっとこのままにしてくれてもいいくらいだし」

大輔が大慌てで言う。

「生憎、お二人にして差し上げられるのはこの部屋にいる間だけです。自分で気を操れない者が、他人に操られる状態を長く続けるのは、決してよいことではありません」

「分かりました。今だけでも、この涼しさの恩恵が受けられるのはありがたいことです」

花枝は竜晴に礼を述べた後、大輔の頭を小突き、

「まったく、お前はすぐに調子に乗るんだから」

と、小声で叱った。

「では、改めて」

と、竜晴は昨日、泰山から預かった『御伽草子』を取り出し、二人の前に示した。

「取りあえず、今日はこの中の一つの話をするが、大輔殿に決めてもらうとしよう。恐ろしい狐と心の美しい狐なら、大輔殿はどちらを選ぶかな」

「そりゃあ、心の美しい狐の方かなあ」

と、大輔がさして悩むふうもなく答えた。竜晴はうなずき、「では、心の美しい狐の話をしよう」と言った。

二

かつて高柳の宰相という人に一人娘がいた。その姫は大変美しく、高柳の宰相はいずれ宮仕えに出したいと思っている。

この姫がある時、乳母をお供に花園へ遊びに出かけた。ここには狐が棲んでいたのだが、その狐が姫を見て恋に落ちる。

何とかして姫のおそばにいたいと、すっかり思い詰めてしまった狐は、人に化けて姫に近付くことを思いついた。しかし、人間の男に化けて姫と結ばれても、仕合せにはなれない。

「それなら、人間の女に化けておそばに行けばいい」

と考えついた狐は、十五歳くらいの少女に化けた。そして、まずは子供が男の子ばかりで、女の子のいない夫婦の家を訪ねていく。

「私は親を亡くして独りぼっちになってしまいました。この家に置いてもらえませんか」

と頼むと、娘を欲しがっていたその家の夫婦は喜んで迎え入れてくれた。

狐はその家で養女として大事にされたが、姫に会えないので打ち沈んでいた。すると、養母がどうしたのかと問うてくれたので、狐は美しい姫君に女房(にょうぼう)としてお仕えしたいのだと気持ちを打ち明ける。

「ならば、高柳の宰相の姫君にお仕えしたらよいでしょう」

と、養母は言い、手はずを調えてくれた。狐は大喜びで、高柳の宰相の姫君のもとへ行く。

そこで、玉水の前という名をつけてもらい、姫君からもたいそう大事にされて、狐は仕合せな日々を送り始めた。そして、三年が過ぎた頃、紅葉合(もみじあわせ)が行われることになる。

玉水は狐の姿に戻って野山へ帰ると、兄弟たちの力も借りて、素晴らしい紅葉の枝を用意し、姫に捧(ささ)げた。この紅葉の枝に匹敵するものはなく、帝(みかど)のお目にも留まる。そして、高柳の姫君は父母の念願の通り、入内(じゅだい)することが決まった。

ちょうどその頃、玉水の養母が病の床に就いてしまう。病は祟りによるもので、祟っていたのは玉水の伯父に当たる狐。実は、伯父狐の子供を養母の親が殺していたという因縁によるものだった。

玉水は伯父狐に祟りをやめてくれるよう、必死に頼み込む。伯父狐はその心に打たれ、死んだ子の供養をしてくれるように頼んで出家を遂げた。

養母が元気になったのを見届け、玉水は姫君のおそばに戻るが、入内が決まった姫のおそばに居続けることはできないと覚悟を決める。

「もしも私の身に何かあったら、誰もいない時にこの文（ふみ）をお読みください。そして、この箱は世を捨てる時まで決して開けないでください」

玉水はそう言って、姫に一通の文と開けてはならぬ箱とを渡す。玉水の言葉に姫は不安を覚えるが、玉水はきっぱりと別れの言葉を告げるでもない。

そして、いよいよ入内の時がやって来る。玉水は姫のそば仕えとして宮中へ上がる人の中に数えられていたのだが、どさくさに紛れて姿を隠してしまった。

やがて、姫はある時、こっそりと玉水から渡されていた文を読む。そこには、玉水の正体と、出会ってからのすべての真実が記されていた。さらに、開けてはならぬと戒められた箱についても、くわしくしたためられていた。

「この箱は、年を経ても夫の情を失わないようにしてくれるものでございます。帝とご夫婦でいらっしゃる間は決して開けてはいけません。出家なさる前にでも開けてください」

姫君は玉水の深い情けを思い、涙するのだった。

「何て哀れ深いお話なんでしょう」

竜晴の話を聞き終えるなり、花枝は涙ぐんだ声で言った。

「何だよ、泣くような話じゃないだろ」

と、花枝に言う大輔の声も、心なしかくぐもっている。

「宮司さまが初めにおっしゃっていたように、本当に心の美しい狐のお話でございましたね」

花枝は目の縁を袖で拭いながら言った。

「確かに、玉水はいい子だと俺も思ったよ。けどさあ、最後までよく分かんなかったことがあるんだけど」

大輔は竜晴と花枝を交互に見つめながら言った。

「何だろうか」

竜晴が生真面目に訊き返した。

「玉水って狐は結局、雄の狐だったの？　それとも、雌の狐だったの？」

「ああ、そのことね」

と、花枝は夢から覚めたような声で呟く。

「私もそういえば、初めの頃は気になっていたのだけれど、途中から忘れてしまっていたわ。というより、玉水は女の子というつもりで聞いていましたから」

「そうだよな。俺も途中からは忘れちまってたし、今改めて考えても雌の狐って気がしきりにするんだけど、そもそも玉水は姫に恋をしたんだよね。初めは人の男に化けようとか考えてたわけだし、それなら雄の狐だったんじゃないのかな」

「そうやって聞くと、何だかこの話のすべてが台無しになってしまう気もするのだけれど……」

花枝は少し顔をしかめている。

「玉水が雄の狐か雌の狐かということは、疑問に思って当たり前のことだし、大輔殿の言い分も花枝殿の言い分もよく分かります。しかし、結局、玉水がどちらなのかということは、最後まで明かされません。ゆえに、大輔殿の問いに答えることは、私にもできないのだ」

と、竜晴は律儀な口ぶりで答えた。

「雄とも雌とも分からない。そう言われれば、そういう結末の付け方が最もしっくりくるという気もしてまいりました」

花枝は何となく納得した表情を見せたが、大輔はまだすっきりしないという様子である。

「確かに、雄でも雌でもこの話のよさは変わらないんだけど、何だかなあ、ちょっと気になるっていうかさあ」

「そんなにも気になるのなら、大輔殿が自分でこの草子を読んでみるというのはどうかな。じっくり読んでいくことで、もしかしたら誰も気づけなかったことに気づけるかもしれない」

竜晴が勧めると、大輔は「いやいや」と慌てて手を横に振った。

「興味はあるけど、別にそこまでしなくてもいいや。今でも十分この話を楽しめたし。竜晴さま、この話は何ていうの」

「『玉水物語』と呼ばれている」

と、竜晴は答えた。

「この話が伝えたかったことは、人に恋をした狐の哀れな半生ではないのだろう。恋をしたことはきっかけにすぎず、それによって姫への忠誠心や深い情けを抱くに至り、最後には相手の仕合せを願って自らは身を退くという、狐の心延えの美しさを描いたのだろうと思う。畜生に生まれたものは人よりも格下と思われがちだが、こういう立派な狐もいるということだ」

「本当に立派ですわ。相手の仕合せを願って、自らの仕合せをあきらめるなんて、人でもなかなかできることではありませんもの」

花枝は心から感動した様子で言った。

「確かに、この話のいちばんいいとこは、最後に玉水が別れを決断するとこなんだよなあ」

と、大輔も感じ入ったふうに呟いている。

「私、今のお話を聞いて、ふとある昔馴染みのお方を思い出しましたの」

少し落ち着いた表情になった花枝は、おもむろに切り出した。

「そういえば、花枝殿には、大奥に上がったというお知り合いがおられましたね」

竜晴は前に花枝からお蘭という娘の話を聞いたことがある。また、大奥へ上がる前のお蘭を想っていた男が泰山の知り合いでもあった。太一というその男は亡くなってしまったが、弟の千吉は小烏神社で寝泊まりしていた時があり、竜晴もよく知っている。

「はい。その方には親しくしていただいた時もあったのですが、大奥へ上がられてからは、その消息をまったく存じ上げず……」

花枝は少し寂しそうな表情になる。

「それって、つまり、その人が高柳の宰相の姫みたいだってこと？」

大輔の問いかけに、花枝は「ええ」とうなずいた。

「入内についてはよく知らないけれど、大奥に上がるのと同じようなものなのではないかしら。宮中も大奥も、たぶん一度中へ入ったら、二度とは出てこられない。どんなに華やかで贅沢な暮らしが送れるのだとしても……」

「え、出てこられないって、それじゃあ、親や兄弟にも会えなくなっちまうのか」

虚を衝かれた様子で、大輔が訊いた。

「宮中にしろ大奥にしろ、勝手気ままに出入りできるようなところではない。しかし、親兄弟にも会えないというのは大袈裟で、身内の方から会いに行くことはできるだろう」

竜晴の言葉に、「そりゃよかった」と、大輔が他人事ながら安堵の息を吐くと、

「身内でなくても、女ならば会いに行けるようです。お許しさえきちんといただいていれば」

と、花枝が言い出した。その物言いに微妙な含みを感じ、

「もしや、それは花枝殿ご自身のことを言っているのですか」

竜晴が問うと、花枝はうなずいた。

「実は、今話したお方から一度会いに来てくれないかというお便りが届いたのです。かつてはお蘭殿といいましたが、今はお楽さまと名も改められたそうです。私のことなどとっくにお忘れと思っていましたから、本当に嬉しくて懐かしくて」

花枝は顔を明るく輝かせて言う。

「え、そんな話、俺は知らないぞ」

大輔が訝しげに口を挟んだ。

「言っていないのだから、知らなくて当たり前よ」

と、花枝はそっけなく言う。

「どうして言ってくれなかったんだよ」

「行くかどうか決めてなかったからよ。行くと決めたら、ちゃんと話すつもりだったわ」

花枝はそう言い返し、それから竜晴の方に顔を向けると、

「お楽さまにお会いしたい気持ちはあったのですが、いざ大奥へ伺うとなると、気が引けてしまって、なかなか決心がつかなかったんです」

と、告げた。「でも、たった今、心を決めました」と、花枝の言葉は続けられる。

「私、玉水の心延えに胸を打たれたんです。狐の身でありながら姫のおそばにいたいと思い、勇気を出してその願いを叶えるところも、姫の仕合せを願って、最後は自分が身を退くところも。私もかつて、お楽さまとずっと一緒にいたいと思っていました。でも大奥へ上がることがお楽さまのお仕合せなんだろうと思って、自分の気持ちは言葉にしなかった……。だから、私、玉水の物語にものすごく心を揺さぶられたのだと思います」

「それで、その人に会いに行くって決めたのかよ」

大輔の言葉に、花枝は大きくうなずいた。

「ええ。私、お楽さまにお会いしに大奥へ行くわ」

心を決めた花枝の目はきらきらと輝いていた。

三

大きな決心をし、弾んだ足取りの花枝と、いくらか不安そうな大輔を見送った後、

「あの娘、お城へ上がるなんて、本当に大丈夫なんでしょうか」

と、いつの間にやら部屋へ入り込んできた白蛇の抜丸が、竜晴に訊いた。

「何だ、聞いていたのか」

「はい。縁の下におりましたので」

抜丸はしずしずと答えた。

「城へ上がるといっても、女中になるわけじゃない。ただ知り合いに会ってくるだけなら問題ないだろう」

「しかし、あの娘、頭は悪くないようですが、ちょっと落ち着きが足らぬというか、

上品さに欠けるというか」

「お前の知る平家や足利家の姫君などと比べたらそうだろうが、江戸の町娘としてはふつうではないのか。私も大勢の娘さんを知るわけではないが……」

竜晴の言葉に、抜丸は首をかしげた。

抜丸の本体である刀は、かつて平家一門や足利将軍家に所有されていたことがある。その後、代々陰陽師を輩出する賀茂家の者の手に渡り、江戸の小烏神社へ流れてきたのだが、花枝に厳しい抜丸の見解は、そうした高貴な人々のそばで暮らしていた当時の記憶に基づくものだと、竜晴は指摘したのである。

そういうものかと、抜丸が思い始めた矢先、庭に羽搏きの音がした。

「あ、小烏丸が戻ってきたのでしょうか」

と、抜丸は鎌首をもたげ、縁側の方を向いたが、「いや、客のようだ」という竜晴の声が追いかけてきた。

「お邪魔いたす。伊勢家よりアサマが参上つかまつった」

見れば、縁側に舞い降りてきたのは、鷹の姿をした付喪神のアサマである。

自分で名乗った通り、旗本伊勢家に伝わるという無銘の弓矢の付喪神なのだが、主人である伊勢貞衡（さだひら）は、アサマのことを本物の鷹と疑っていないという。

一方で、アサマは何者かに狙われている伊勢貞衡を守ってほしいと竜晴に依頼をし、その際、自らの正体をきちんと明かしていた。

「まあ、中へ入ってくれ」

竜晴が声をかけると、アサマは二本の足を使って部屋の中へと入ってきた。

「抜丸殿もご機嫌よう」

と、アサマは抜丸にも挨拶を忘れない。その後、きょろきょろと目を動かし、

「小烏丸殿はいずこに？　外の木の上にはいなかったが」

と、尋ねた。

「小烏丸は使いに出ているが、間もなく帰ってくるだろう。小烏丸に用事があるなら、少し待っていてもらうしかないが」

「あ、いや。用件は宮司殿に対してのものだ」

と、アサマは急いで言い、改めて竜晴に向き直った。

「実は、我が主（あるじ）が近いうちにこちらへ伺うことになりそうだ。それがしと鷹匠（たかじょう）殿を治してくれた礼を申し上げたいと仰せでな」

少し前、伊勢家に仕える鷹匠の三郎兵衛が何者かによって、腕に焼き印を捺され、心身を操られる事件があった。この時、三郎兵衛によって鷹のアサマも操られ、一大事になりかけたのだが、竜晴と天海の力で事なきを得た。後に、竜晴は三郎兵衛とアサマを小烏神社で引き取り、泰山が治療に当たったのだが、主人の貞衛が直々にその礼をしたいということらしい。

「そうか。気をつかってもらうほどのことではないが、伊勢殿とは疎遠にならずに付き合っていきたい。ゆえに、伺いの使者が来たら、承知の返事をしておこう」

竜晴の言葉に、アサマはキィーと小さく鳴いた。

その時、再び庭に羽搏きの音がして、今度こそ小烏丸が帰ってきた。

「竜晴ぃー、ちゃんと大僧正に会って、直に書状を渡してきたぞ。そして、大僧正からの返事も我の足に結び付けられている」

小烏丸が自らの手柄を誇るかのように、竜晴の膝もとをうろつき回りながら言う。

「ああ、ご苦労さま」

竜晴が労いの言葉などをかけるものだから、小烏丸はいっそう付け上がった——ように、抜丸の目には見える。竜晴が小烏丸の足に付けられた返事とやらを取り外していうちに、アサマは挨拶をしていた。

「お留守の間にお邪魔をいたしました。小烏丸殿におかれてはお使い、お疲れさまでござる」

「うむ。おぬしもよく参った」

カラスが鷹に対して威張りくさっている姿は、傍から見ると滑稽なものである。

抜丸はひそかに冷笑を漏らしたが、どちらの付喪神も気づかなかったようだ。

「小烏丸殿は寛永寺へ参られたのでござるな」

「うむ。あそこの大僧正に会うのは気が重かった」

小烏丸はアサマの手前、「気が重かった」などと言っているが、抜丸に言わせれば、それは嘘ではないものの、事実そのままの言葉でもない。

小烏丸は出かける前、さんざんごねたのだ。それも、天海に自分だけで会うのは怖いという理由からである。

今はもう不動の金縛りにかけられることはないと、竜晴や抜丸がいくら言って聞かせても、それで天海への恐ろしさが消えるわけではない、と言い張った。

抜丸は天海のことを別段恐れてはいない。だから、書状の受け渡しなど何でもないのだが、まさか白蛇の姿でそれをするわけにもいかなかった。古来、文の使いをするのは鳥の役目である。

今回は、四谷の稲荷神社の白狐の訪問を知らせるだけであったから、改めて竜晴が出向くほどでもない。そこで、小烏丸に書状を届けてもらおうということになったのだが……。

――この役立たずのカラスめ。お前は家の仕事を何一つするわけでもないのだから、文の使いくらいで竜晴さまのお役に立てなくてどうする。

最後には抜丸がそう叱りつけ、小烏丸もそれに対しては返すべき言葉もなく、渋々ながら承知したのであった。

「しかし、我はちゃんと大僧正の住まいまで行き、竜晴からの使いだと鳴いてやった。大僧正に仕えている忌々しい小僧やら使用人やらが出てきたら困ると思ったが、幸い、我の声を聞きつけた大僧正が早々と外へ出てまいり、遅れて現れた使用人どもを追い払ってくれたのでな。後は大僧正の近くへ舞い降り、竜晴の書状を渡してやったのだ」

小烏丸は自分がいかに立派に仕事をこなしたかを、得意げに吹聴している。抜丸はまともに聞く気にもなれないが、アサマはまだ小鳥丸の本性を分かっていないせいか、ふんふんと真面目に聞いているようだ。

「あの大僧正が我の足に括り付けられた書状をほどくため、我の足もとに跪くありさまは、実に殊勝なものであったぞ。まあ、いつでもあのような態度を取るのであれば、我としても親しみを持ってやらぬわけでもないのだが……」

小鳥丸がぐいっと頭をもたげ、胸をそらしたその時、

「ところで、小鳥丸殿」

と、アサマが言い出した。

「お尋ねしたいことがあるのだが」

「んん？　おぬしも大僧正を跪かせてみたいのなら、次の文使いの仕事を譲ってやらぬでもないが……」

「いや、そうではなく」

アサマはどんな言葉に対しても、真面目に返事をする。

「寛永寺の大僧正殿といえば、言わずと知れた験力を用いるお方。そちらへお使いに行かれたとは、いかなる御用向きであられたのか。宮司殿」

と、ここでアサマは小烏丸から竜晴へと体の向きを転じた。

「差し支えなければ、それがしにもお聞かせ願えないだろうか。何分、我が主と大僧正殿が親しくお付き合いしておられるゆえ、それがしも関心を持たずに聞き過ごすことができない」

アサマは竜晴を相手にしゃべっており、今や小烏丸はすっかり無視された体である。ふてくされた表情を浮かべるその間抜け面に、再び抜丸は失笑を漏らした。すると、今度は敏感にそれを察したのか、小烏丸が黄色い目で睨みつけてくる。抜丸は睨み返し、舌を突き出してやった。が、竜晴がどう答えるかが気になったので、すぐに目を竜晴とアサマの方へと向ける。

「ああ、この件は別に隠すほどのことではない。今のところは、伊勢殿に関わりがあるとは思えないが……」

竜晴はそう前置きをした上で、四谷に遷された稲荷神社から白い天狐がやって来て、これこれと訴えたのだという話をかいつまんでアサマに聞かせた。

「ほう、天狐が参ったのでござるか」

アサマは何とも言えぬ様子でかすかに唸った。

この付喪神は伊勢家では本物の鷹として扱われているわけで、それはつまり、鷹狩りなどもふつうの鷹のようにこなしているということだ。そのため、狐と聞いて、もしや狩りの本能が呼び覚まされたのではあるまいかと、抜丸は疑った。

「確かに、今のお話は我が主には関わりないように思われる。しかし、この先、執心を持つ狐とやらをつかまえねばならぬとあれば、宮司殿は大変でござろう」

「いや、つかまえるのではなく、執心を解いてやればよいのだ」

竜晴はアサマの言葉の過ちを正したが、アサマにとっては大した違いではなかったらしい。意気揚々とアサマはさらに言う。

「そういうことであれば、それがしも宮司殿のお手伝いをいたしますぞ。先だって救っていただいた礼もしておらぬゆえ、それがしもお役に立ちたい。狐を狩るのであれば、それがしが得意とするところでもござる」

「竜晴さまは狐を狩るのではない。今のお言葉を聞いていなかったのか」

抜丸は黙っていられず、アサマを諭(さと)した。

「しかし、その狐が逃げようとすれば、つかまえるより他にござるまい。そも、狐などというものは、追いかければ逃げるものと決まっておる」

「いや、狐に限らず、追いかければ逃げるのは世の常であろうが……」

と、抜丸は異を唱えたのだが、これもアサマの耳にはしっかり届かなかったようである。

「いずれにしろ、お手伝いしたい気持ちであることを、宮司殿にはどうぞお忘れなきよう」

堂々と言うアサマに、竜晴は「覚えておこう」とだけ応じた。

「まあ、我にもおぬしと同じく、爪も嘴（くちばし）も羽もある。狐一匹くらい、我がいればどうということもあるまい」

と、小烏丸が最後に言った。狐をつかまえたことがお前にあるのか、と抜丸は言い返そうとしたのだが、ふと見れば、アサマがいかにも気の毒そうな目で小烏丸の嘴やら爪やらを眺めている。それを見たら、かえって小烏丸が不憫（ふびん）になり、抜丸はこの時ばかりは口をつぐんだのであった。

三章　狐の嫁入り

一

稲荷神社の天狐が小烏神社を訪ねてきた二日後の夕刻のこと。いつものように、患者宅からの帰りがけに神社へ立ち寄った泰山は、鳥居の前で足を止めた。

ぐすっ、ぐすっと鼻をすすり上げる音がする。鳥居のところにしゃがみ込んで、子供が泣いているのだ。膝小僧を抱えて、顔を埋(うず)めているのだが、様子からして十歳くらいの男の子だろうか。

「どうかしたのか」

泰山は子供のもとへ駆け寄り、その前にしゃがむと、優しい声で尋ねた。

子供はびくっと体を震わせると、すぐに顔を上げた。黄昏(たそがれ)の薄明かりに浮かび上がったその顔は、泰山をはっとさせるほど整っていて、品もある。見たことのない顔だが、並の家の子供ではないという気がした。

「具合でも悪いのかな。それとも迷子になったのか。何でも力になるから、私に話してみてくれないか」

泰山はさらに問いかけた。なるたけ優しく穏やかに尋ねたつもりだが、焦って畳みかけたのがよくなかったのか、子供はわーんと声を上げて泣き出した。

「わわ、泣くな、泣くな。いや、私が悪かった。急(せ)かしているわけではないから、悩みを話してくれ。私は医者だから、どこか痛いのなら治してやれるぞ」

泣きじゃくる子供を前に、あたふたしながら泰山が言うと、

「それじゃあ、治して」

突然、子供は泣きやんで、再び顔を上げた。

「そうか。どこか痛いところがあるから泣いていたのだな」

泰山は納得してうなずき返す。すると、子供はふと顔を仰向(あおむ)け、右手で空を指さした。

「お空を治してちょうだい」

「そ、空を治す？　それはどういうことだい？」

泰山は仰天して訊き返した。

「お空がつらいと言っているの。治してちょうだい」

泰山にはわけの分からない言葉を、子供はくり返す。その声は不思議なくらい透き通っており、中身の不可解さと相俟(あいま)って、もしや夢でも見ているのではないかと、泰山に思わせた。

「ええと、空じゃなくて、おぬし自身の具合はどうなのかな。どこかが痛くて泣いていたのではないのか」

「痛いのはお空。お空が泣いているのに治してくれないの？」

子供の顔がゆがみ始めた。また泣き出されるぞ、と泰山は思わず身構える。その時、思いがけない救いの手が差し伸べられた。

「泰山か」

神社の奥から竜晴が現れたのだ。

「おお、竜晴」

地獄で仏に会った心持ちで、泰山は友人の顔を見上げた。

「何やら声がしたので、様子を見に来たのだが」

と、竜晴は泰山と子供とを交互に見比べた。

「いや、ここでこの子が膝を抱えていたのでな。具合でも悪くしたかと声をかけたところなのだが……」

泰山が事情を説明しかけたところ、子供は急に立ち上がるなり、

「小鳥神社の宮司殿？」

と、期待のこもった声を上げた。「ああ、そうだが」と竜晴が答えるや否や、子供は驚くほどの速い身ごなしで、竜晴に抱き付いていった。

「うわっ」

と、思わず驚きの声を放ってしまったのは泰山で、抱き付かれた竜晴の方は、いつもと変わらぬ表情である。

「何だ、お前を訪ねてきた子か」

宮司殿かと訊いていたから、顔見知りではなさそうだが、この親密さからすると親戚か何かだろうか。それとも、氏子の子供か。まあ何にしても安心だと思う一方、「宮司殿」という物言いは、子供には若干そぐわないようにも感じられた。

「それなら、この子はお前に任せていいのだな」

泰山は立ち上がり、竜晴に尋ねた。

「何やら、空を治してほしいとか、不思議なことを口走っていたが」

「空を……？」

竜晴も怪訝そうな表情を浮かべた。

「やはり、お前にも分からないか」

むしろ分かったら空恐ろしい、と思いながら、竜晴の見せた反応に泰山は少し安心していた。どこをどう見ても、ふつうの人とは違う友だが、それでも自分と同じところもたくさんあると信じていたい。そうでなくては、いつまでも対等に付き合い続けていくことが難しくなってしまいそうだから。

「私で力になれることがあれば、手伝うが……」

泰山は躊躇いがちに申し出てみた。竜晴は少し考えるふうにしていたものの、

「いや、大丈夫だろう」

と、いつもと変わらぬ様子で答えた。

「ならば、その子のことはお前に任せ、私は水やりだけして帰らせて……」

泰山はその時、あり得ないものを目にした。その場所にあるはずのないものだっ

た。思わず目をこすって、もう一度見直そうとした時にはもう、たった今、目にしたものは見えなくなっていた。

「ああ、水やりなら心配しないでいい」

と、竜晴が言った。泰山は我に返り、「あ、今日もお前が水やりをしてくれたのか」と訊き返した。帰りがけに寄るのが遅くなった日は、すでに水やりが終わっていることがある。竜晴は自分がやったとは言わないが、照れ隠しなのだろうと、泰山は思っていた。

「今日のところは、このまま帰ってもらえるか」

と、竜晴が続けて言う。子供は相変わらず竜晴にぎゅっと抱き付いたままであった。

「そ、そうか」

泰山は気の抜けた声で応じた。今、目にしたものについて、竜晴に尋ねてみたいと思う。竜晴ならば納得のいく答えをくれるような気もしたが、帰ってくれと言われて気が挫（くじ）けた泰山は、それ以上押して出ることができなくなった。

「分かった。また明日寄らせてもらう」

「ああ。気をつけて帰ってくれ」

その場で竜晴と挨拶をして別れた。最後にもう一度、竜晴に抱き付いている子供の頭の辺りを凝視する。

だが、先ほど見えた獣の耳のようなものを、そこに見出（みいだ）すことはできなかった。

泰山が帰ってからほどなくして、竜晴の住まいの居間には、一匹の銀狐がちょこんと座っていた。その前には、竜晴と人型の小烏丸、抜丸が座を占めており、狐の様子をじっと見つめている。

毛並みの色が違うので、先日やって来た天狐と違うことは一目瞭然であった。ただし、その毛並みの美しさは先日の白狐に劣ることのないもので、人を惑わせるそこらの野狐などではなさそうである。

「して、おぬしは何者だ。ろくな挨拶もなく竜晴さまに縋り付くなど、礼儀知らずにもほどがある」

怒りを滲ませた声で、まずは抜丸が問いただした。

「いかにも。まあ、竜晴を見るなり、その威光に打たれ、縋り付きたくなる気持ちは分からぬでもないがな」

と、小鳥丸がもったいぶった調子で後に続く。すると、抜丸はやや表情を和らげ、

「そうか。竜晴さまの威光に打たれて……。ふーむ、そういうことならば……」

と、態度をころりと変えた。

「ええと、ですね。私は先日こちらへ伺った天狐の仲間といいますか、片割れでございまして、同じく宇迦御魂さまにお仕えする狐でございます」

銀狐は丁寧な口ぶりではあるが、先日の白狐より愛嬌のある口の利き方をした。

「では、おぬしも天狐というわけなのだな」

そこで初めて、竜晴が口を開いた。

「はい。拝殿の前に控えております左右の狐の片割れでございます」

銀狐は恭しく答える。

「それにしても、どうして人の姿などで現れたのだ。ましてや、泰山――いや、先ほどの男と容易く言葉を交わした上、うっかり狐の耳を見せてしまうなど」

「ええ？　私の変身が解けていたのでございますか」

今初めて気がついたという様子で、銀狐は慌て出した。

「どうしましょう。人間に見られてしまったなど……。宇迦御魂さまに何と申し開きをすればよいか」

「すぐに見えなくなるよう、私が術を施したので、あの男も自分の目の方を疑っているだろう。見間違えたかと思ってもらえればよし、そうでなくとも、人に言いふらすような男ではないゆえ、案ずるには及ぶまい。まあ、見られた相手がよかったということだ」

　竜晴の言葉に、銀狐はほっと息を漏らした。

「そうですか。ああ、よかった。確かにあの人はとても優しいお方でした」

　親しみのこもった声で言い、ふさふさした見事な尻尾を左右に振る。

「私が人の姿で現れたのは、先日お邪魔した天狐が狐火を人に見られたと言っていましたので、それならば人の姿をしてくればよかろうと考えた次第です」

「先日、狐の火を見たのも、今の男だ」

　と、竜晴は教えてやった。

「おや、そうでございましたか。ならば、あの男の方に妖（あやかし）を引き寄せる力が備わっているのかもしれません。なんだ、私のせいじゃなかったんでございますね」

「耳をうっかり見せたのは、誰のせいでもなく、おぬしのせいだと思うが」

竜晴が言って返すと、「ああ、さようでございました」と銀狐はしゅんとうなだれた。

「まあ、そう落ち込むでない。おぬしもこれからは慎重さを身につけることだ」

と、小烏丸が偉そうな調子で言い添える。

「どの口が物を言う」

抜丸が刺々（とげとげ）しい声を出した。

「さて、そろそろここへ来た事情を明かしてもらえないかな」

二柱が諍いを始める前に、竜晴は口を開いた。「そうでした」と銀狐が思い出した様子で頭を上げる。

「実は、近頃の日照りについて、宇迦御魂さまがお心を痛めておられまして」

と、憂いを帯びた声で銀狐は語った。

「梅雨の恵みがございましたから、すぐに稲の出来栄えがどうこうということにはなりません。しかし、放っておけばこの日照りが秋まで続き、深刻なものにもなりかねないと――」

宇迦御魂は稲荷神——つまり豊穣を司る穀物の神である。稲の出来栄えを案じ、天気の具合を気に病むのは当たり前であった。

「しかしながら、宇迦御魂さまには天の気を操る力はございません。そこで、こちらの宮司殿にお縋りしようと——」

宇迦御魂も先日の白狐も、竜晴ならば引き受けてくれるだろうと請け合ったらしい。

「私に雨を降らせよと言うのか」

「ほんの少しでよいのです」

断られてはならぬと、銀狐は一生懸命言った。

「たとえどれだけのお力があろうとも、人の身で天の気に働きかけるのは望ましいことではありません。ですから、いよいよとなった時、ほんの少しだけでも雨を降らせてください。そうすれば、宇迦御魂さまが地上の草木の気にさらなる力を注いでくださいます」

今の状況ではいくら力を注いだとしても、草木の側に命の気が足りないのだという。だから、それをよみがえらせるだけの恵みの雨が必要なのですと、銀狐は両手を合わせた。

「竜晴ぃー」

小烏丸が分かりやすい声を上げる。抜丸は何も言わないが、控えめに伏せられたその目の奥に宿る気持ちは、小烏丸と同じであるようだった。

「……分かった」

やがて竜晴は答えた。ほんの通り雨程度のものであれば、確かに天の神もお目こぼししてくれるだろう。

「ありがとうございます」

銀狐はぴょんとその場を跳ねると、次の瞬間には竜晴の目の前に移動して、その両手を握って謝意を示した。

「それでは、今日から五日の間に雨が一度も降らなければ、宮司さまのお力で雨を降らせてください」

「五日後だな。承知した」

竜晴は気負うことなくあっさりと答えた。

二

竜晴が銀の天狐と約束した五日後は、ちょうど花枝が大奥へお楽の方を訪ねる当日でもあった。

花枝から承諾の返事をもらってすぐ、お楽は客を迎える届け出をし、折り返し花枝へ新たな使者を送った。

日にちと時刻をこちらから指定して、来訪を促すのは、少し強引に過ぎたが、花枝の側から否やの申し立てはなかった。たとえ客人としてでも大奥へ出向くとなれば、花枝にも相応の支度が必要だったろう。慌ただしく事を運ぶのは申し訳ないと思ったが、時を置けば、気持ちが挫けたり何らかの邪魔が入ったりして、この話自体が流れてしまうのではないかと怖かった。

だから、花枝の事情を訊く手間さえ惜しんで、日取りを決めてしまった。七月に入れば、立秋だの七夕（たなばた）だのと忙（せわ）しないことになる。会うのならば六月のうちの方がゆっくり話もできると考えてのことであった。

当日、花枝を通す客間に、花枝が来る前からお楽は出向いた。もはや古着屋の娘ではない、大奥に部屋を賜る女人なのだから、客が来てからゆっくりそちらへ足を運べばいいと言われたが、とても待ってなどいられない。

（花枝ちゃん……）

廊下を歩きながら、庭先の杜若に目を留めた。紫と白のあでやかな花はいかにも我が物顔に咲き誇って見える。その傍らに赤紫の花が咲いていた。細長い花弁がたくさん付いており、花全体の形は丸形で針山を思わせる。

（あれは薊かしら。それとも――）

薊は、花弁も針のように刺々しく見えるが、その棘は鋭い葉にある。お楽は手の指先をじっと見つめた。

その時、地面を打つ音がして、顔を上げると、久しぶりの雨が降ってきたのだと分かった。

「あら、雨が……」

花枝は大丈夫だろうかと思いながら、空を見上げたが、不思議なことに曇っていない。先ほどまでと同じように日の光はまぶしいのだが、なぜか雨が降っているのだった。

「この様子ならばすぐにやみましょう。狐の嫁入りじゃございませんでしょうか」

付き添いの女中が言う。お楽はうなずいた後、再び空を見上げ、それからもう一度指先を見つめた。

お楽――今はそう呼ばれているが、大奥へ上がる前の名はお蘭といった。花の名で呼ばれるのは嫌ではなかったが、この「蘭」が「乱」に通じるというので、大奥では忌むべき名ということになってしまい、お楽と改めさせられたのだ。

お蘭の実家は古着屋で、特に豊かでもなければ貧しくもない、ごくふつうの家であったと思う。とある武家の後家が開いている手習いの塾に通っていた時、花枝に出会った。花枝の家は旅籠で、やはり貧しくない暮らしを送っているようであった。

塾に通ってきている少女たちの親はたいてい店を営んでおり、雇われ者の娘などはいなかった。中には、礼儀作法を身につけるため、いずれ武家屋敷へ奉公に出ると言う者もいた。

そうした娘たちの中で、お蘭が特に目立っていたのはその容姿であった。

これは、自惚れではなく、本当に抜きん出ていた。お蘭が着ているのはいつも古着で、それも高く売れそうにない品ばかりであったから、見てくれはむしろみすぼらしかったはずである。それでも、お蘭は塾に通う少女たちの誰より目立って美しかった。他の誰が金のかかった晴れ着を身に着けていても、お蘭の美しさには敵わなかった。

だが、だからお蘭が仕合せだった、ということにはならない。

容姿に恵まれた少女は、何の努力をしたわけでもないのに、皆から褒めそやされ、ちやほやされて、いい思いをしていると思われがちだ。確かにそういう側面がないとは、お蘭も思わないが、それだけではないとむしろ声を大にして言いたい。

特に、同い年くらいの少女たちとの付き合いにおいて、恵まれた容姿は邪魔なくらいだった。どんな人の前でも明るく振る舞い、誰とでもすぐに仲良くなれるような気質であれば、それも邪魔にはならないのだろう。注目の的となり、皆から憧れられ、自分も誇らしい気持ちになれるのかもしれない。

だが、生憎、お蘭はそういう気質ではなかった。人に注目されるのも、人の輪の中心に立つのも好きではない。むしろ、人の輪の端の方でおとなしくしている方が性に合う。

生まれ持った顔と気質を変えることはできないから、これはお蘭にとって不仕合せなことだった。

同い年くらいの少女たちは、初めお蘭の容姿に惹きつけられ、親しくなろうと寄ってくる。しかし、気性の強い少女たちは、お蘭と一緒にいてもつまらないとすぐに気がつき、離れていく。次には、お蘭のことを疎(うと)ましがり、その容姿を妬み始めるのだった。

結局、そういうことがずっと続いて、お蘭には本当に仲のよい女の友人ができなかった。一方で、十歳を越える頃にもなると、少し年上の男たちがお蘭に近付いてくるようになった。近所の者であったり、店に客として来た者であったり、さまざまだったが、皆、お蘭には優しかった。

そんな中に、薬種問屋の倅(せがれ)の太一がいた。店の仕事の手伝いで、お針を扱うことが多かったお蘭は、手先があまり器用でなく、指先をよく怪我(けが)していた。その薬を求めに行った際に知り合ったのだ。

太一はお蘭の目には頼りになる大人の男と見え、いつしか自身の悩み事も打ち明けるようになっていった。そんなお蘭に太一は告げたのである。

――いつか、お蘭のことを分かってくれる友人ができる。お蘭の見た目だけじゃなく、中身を見てくれる人は必ずいるさ。

太一の言葉は嬉しかった。だが、そんな人は太一より他にいるとも思えなかった。太一が自分と同い年くらいの少女ならよかったのにと、初めの頃、お蘭は考えていたほどである。そのくらい、お蘭は女の友人が欲しくてたまらなかった。

花枝とめぐり会ったのはその頃だった。

お蘭が通っていた手習いの塾に、新しく花枝が入ってきたのだ。それまでは近くの寺子屋に通っていたとかで、そこでは一通りのことを習い覚えたので、塾を移ったということらしい。

花枝ははきはきと物を言い、大人を相手にしてもまったく怖じることのない娘だった。その明るさはお蘭の目にはまぶしく見えたが、容姿は十人並みで、他の少女たちの関心を引くことはなかった。こういう時、自分から「仲良くしましょう」と言えればいいのだが、生憎、お蘭はそういうことのできる娘ではない。

何も言えぬまま、時は過ぎていき、やがて夏を迎えた。そんなある日のこと。細かな経緯はもう覚えていないが、お蘭は他の少女たちから言いがかりをつけられていた。

「あんたのせいよ」

塾からの帰り道、人気のないところで、少女たちはお蘭を小突いた。

「どう責めを負ってくれるのよ」

くだらない言いがかりをつけて、お蘭をいたぶる少女たちが塾の中にはいたのである。

「どうすればいいの？」

数人の少女たちから囲まれ、責め立てられる状況から逃れたくて、お蘭は尋ねた。

「じゃあ」

と、一人の少女が畑の端を指さした。

「あの花を束にして持ってきてよ」

少女の指さす方向には、赤紫の小さな毬のような花が咲いていた。この季節、よく見かけるものだ。

あの花を摘んだだけで許してもらえるのなら、それに越したことはない。お蘭はほっとした思いで、花のもとへと駆け寄った。この時にはもう、言いがかりをつけられたという理不尽さはどこかへ飛んでしまい、許してもらうためにはこの奉仕を果たさなければならないという焦りだけでいっぱいだった。

お蘭は赤紫の花の前に膝をつき、その茎を折ろうと手を伸ばした。

「痛っ」

鋭い痛みが指先を刺したのはその時である。

見れば、血が流れていた。お蘭は針で指を刺してしまった時のように、すぐに指を口に含んだ。

後ろから、少女たちの意地悪な笑い声が聞こえてきた。相手が憎いというより、人に嗤(わら)われて何もできない自分の情けなさに、頭の中が真っ白になる。

「どうしたの？　早くその花を摘んできてよ」

「束になるくらいでなければ、受け取れないから」

少女たちの甲高い笑い声が、実際には少し離れたところにいるというのに、お蘭の耳もとでうわんうわんと響き渡る。笑い声はやまず、頭が熱を持ったようにずきずきと痛み始めた。

もうやめて——と、思わず耳を塞ぎたくなった時、

「何をしているの」

落ち着いた静かな声がお蘭の頭上から降り注がれた。その瞬間、少女たちの笑い声もやんだ。

お蘭が顔を上げると、すぐそばに花枝がいた。花枝はしゃがみ込むと、棘で傷ついたお蘭の手をそっと包んだ。

「そんなことをしてはいけないわ」

と、優しく言う。その直後、少女たちが二人のそばまで近付いてきた。

「何で、あんたが割り込んでくるの。関わりないでしょ」

少女の一人が花枝の肩を小突いて言う。

「私は怪我をしている人を労りたいだけ。関わりがどうとかいう話ではないわ」

花枝は臆することなく言い返した。

「お蘭は私たちのために、その花を摘んでくれようとしてたの。そのことにあんたは関わりない。だから、邪魔しないでって言ってるのよ」

「この花は薊でしょ。葉の先には棘がある。鋏を使わずに摘もうとすれば怪我をす

るわ」

「そんなの、私たちの知ったことじゃないわ。お蘭がそうしたいって言うんだから、したいようにさせてあげればいいでしょ」

少女の一人から言われた花枝は、黙ってお蘭を見つめてきた。お蘭はいたたまれずに花枝から目をそらした。

「ほら、お蘭はあんたとなんか仲良くする気はないって言ってるわよ」

ひとしきり少女たちの嘲笑が聞こえたが、花枝はその間もお蘭の手を離さなかった。ややあってから、

「お蘭殿は何も言ってないでしょ」

花枝は静かに言い返した。

「あなたたちのために花を摘みたいとも言ってないし、怪我しても構わないとも言っていない。あなたたちが自分の考えを押し付けているだけよ」

「何も言わないのは、私たちの言うことに従う気があるってことでしょ」

「違うわ。逆らいたくても逆らえない人はいるのよ」

花枝はそう言うなり、お蘭の手を引いて立ち上がらせた。

「行きましょう。意に染まないことはしなくてもいいのよ」

花枝はお蘭を促し、そのまま歩き出そうとする。

「あの……」

花枝と一緒に行きたい。だが、少女たちにどう思われるか、後で何を言われるか、考えると怖くなった。そして、花枝が少女たちからどんな扱いを受けるのか、想像するのも怖かった。

いろいろな思いが渦巻くのに、お蘭は少女たちに対しても、花枝に対しても、何をどう言えばよいのか分からない。

「待ちなさいよ」

と、花枝に引かれるまま歩き出そうとしたお蘭の肩を、少女の一人がつかんだ。

「まだ花を摘んでもらっていないわ」

「あ……」

お蘭が何か言うより先に、花枝がお蘭の肩をつかむ少女の手をもぎ放して告げた。

「そんなに薊の花がお好きなら、ご自分で摘んだらいかが。あなたたちにはよくお似合いのお花ね」

花枝の言いように少女たちが絶句している間に、花枝はお蘭の手を引いて歩き出した。お蘭は雲の上を歩くような心地で、ただ引かれるまま歩き続けた。

「あなたを蔑むような人たちの言うことを聞いたりしてはだめ」

どのくらい歩き続けたのか、お蘭には分からなかったが、とある場所で足を止めると、花枝は言った。

「でも、私、花枝……さんみたいにはっきりしゃべれなくて」

「言い返したりしなくたっていいの。逆らえないのなら話も聞かない。聞いてしまうとあれこれ考えちゃうでしょ。だから、初めから聞かなければいいのよ」

「でも、聞かないようにしようと思ったって、耳に入ってきちゃうし」

「耳に入ってきたって、鳥や虫が何て言ってるかなんて分からないでしょ。それと同じよ。あの人たちの言葉は聞く値打ちがないんだから、虫の鳴き声だと思えばいいの」

「虫の鳴き声……？」

突拍子もない考え方だと思ったが、あの少女たちを虫と思うのは小気味よかった。

それで思わず笑ってしまった。

「本当におきれいね」

花枝はお蘭の笑顔を見て言った。見た目を褒められるのは少し嫌になりかけていたお蘭は黙っていた。すると、その気分が伝わったのか、花枝はさらに言った。

「お蘭殿は笑うとすてきだって言ったのよ。笑っていない時のお蘭殿のことは、そんなふうに思わなかったから」

その一言で、お蘭はいっそう花枝が好きになった。花枝は見た目ではなく中身を見てくれる――太一の言っていた人だと思えたからだ。

「見て」

花枝は野の道に咲く花を指さして言った。

「あ、さっきの……」

先ほどとは違う場所だが、咲いているのは赤紫の毬のようなあの花だった。

すると、花枝はその場にしゃがみ込み、先ほどお蘭がしたように、花に手を伸ばした。

「あ、危ない」

思わず口走っていた。どうして棘があると分かっているのに、そんなことをするのだろう。と思っていたら、花枝は茎から手を離し、それをお蘭の目の前で広げてみせた。

「え、どうして？」

花枝の指先に棘の刺さった痕はなかった。

「これは、狐の眉刷毛。触っても大丈夫よ」

花枝はにっこり笑って言った。それで、お蘭は恐るおそるその葉や茎を触ってみたが、先ほどのような棘はどこにもない。

「さっきのは、薊。似ているけれど、別の花なの」

「そうだったの？」

どうやら、花枝はこの狐の眉刷毛の咲いている場所まで、お蘭を案内してくれたということらしい。

「狐の眉刷毛なんて、何だか騙されたみたい」

お蘭はすっかり晴れやかな気持ちになって笑った。空を見上げると、お蘭の心のように晴れ上がった夏の空が広がっている。

この時から、お蘭と花枝は大の仲良しになったのだった。

三

お楽が廊下に立ち止まって庭を見つめている時、降り出した雨は少し地面を濡らしただけで、間もなく上がってしまった。

それでも、雨のない日が続いていたから、草木には慈雨となったことだろう。

「やはり、狐の嫁入りでございましたね」

と言う女中の言葉に無言でうなずき、お楽は客間へと向かった。

花枝が現れたのは、それからほどなくしてのことであった。

「よく来てくださいました。先ほどの雨に降られませんでしたか」

お楽が気遣うと、「大したことはございません」と花枝は応じた。

「お楽さま、とお呼びすればよろしいでしょうか。お会いしとうございました」

花枝はお楽から目をそらさずに言う。その目がかすかに潤んでいるのを見るなり、お楽は席を立ち、花枝の前まで行ってその両手を握り締めていた。

立場がどうの、行儀作法がどうの、と言うような目はここにはない。

「花枝ちゃん」

　お楽は昔のように友人を呼んだ。

「私のことは、どうぞ花枝と呼び捨てにしてください」

　花枝が遠慮がちに言う。

「人が聞いていないところでは、昔のように呼ばせてください」

　と、お楽は言った。その切実な思いを汲み取ってか、花枝は無言でうなずいてくれた。

　とはいえ、大奥においては姿の見えないところに耳がある。お楽が花枝に昔と同じ態度を取るのは許されても、花枝が同じように振る舞ってよいということにはならないのだ。だから、お楽は自分のことを昔のように蘭と呼んでくれとは頼まなかった。

「別れてからもう三年以上になるのですね。その間の花枝ちゃんのことを聞かせてください」

　お楽は言い、花枝の語る話に耳を傾けた。

　その主な中身は、花枝の実家の旅籠のこと、弟のこと、そして弟とよく行くという小烏神社のことであった。そこによく出てくる宮司さまのことを、花枝は盛んに持ち上げる。たいそう尊敬していると何度も口にするのだが、どうやらそれ以上の気持ちも抱いているらしいとはすぐに分かった。

また、その話の中には、太一が亡くなったということも含まれていて、お楽は思わず涙をこぼした。しかし、悔やみの言葉以外には何も口にしなかった。

花枝の話が一通り終わると、お楽も今の自分の境遇——将軍の寵愛を受けて部屋を賜る身であることを、言葉少なに語った。

「お城へ上がられた甲斐があって、ようございました」

と、花枝は今のお楽の身の上を寿いでくれた。それが本当にめでたいと言えることかどうか、実情を問うことは花枝にはできないし、お楽も口にすることはできない。

もちろん、今の自分を不仕合せだと、お楽も思うわけではなかった。だが、大奥は女ばかりの場所である。

子供の頃のようないじめを今も受けているわけではないが、女ばかりの生活で何よりお楽が求めているのは、信頼できる女の友人であった。そんな人が自分の傍らにいつも付いていてくれて、互いに助け合い、励まし合い、同じものを見て心を動かし、心を通い合わせることができたなら、どんなに慰められるだろう。

「花枝ちゃんには、許婚（いいなずけ）のような人はいるのかしら」

夫がいないことは分かっていたが、許婚のことまでは花枝から打ち明けてくれない限り分からない。今の話の中に、その類のことは出てこなかったが、ここははっきりさせておきたかった。

「いえ、そんな人はおりません」

花枝は突然の問いかけに吃驚した様子で答える。

「それなら、この先のお話が進められますわ」

お楽はにっこりと微笑（ほほえ）んだ。

「この先のお話……？」

花枝は首をかしげている。

「ええ。もしよろしければ、花枝ちゃん、大奥へ上がってくれませんか」

「え、私が……？」

花枝は大きく目を瞠（みは）った。

「私のそばに仕える女中という立場ですが、これという仕事をしてもらうつもりはありません。ただ、私のそばにいつもいて、相談相手になってほしいのです」

「私がお楽さまのご相談相手など……」

花枝は少し怯んだ表情を見せた。いじめっ子相手に堂々と渡り合う花枝でも、天下の大奥へ上がるという話には、怯むのだなと思うと、少しおかしかった。

「昔のように、守ってもらうだけ、というつもりではありません。花枝ちゃんが困った時にはもちろん私がお守りします。それに、花枝ちゃんが大奥へ上がることで、お身内が手に入れられるものも決して小さなものではありません」

娘が大奥に上がったという評判があれば、商いの上での信用も違ってくる。上客がつく見込みも高くなるだろう。兄弟姉妹たちの縁談にも大きく関わる。

「私は花枝ちゃんに多くのことを教えてもらいました。人の悪意をどういなすかということも、つらい暮らしの中での笑い方も。そうそう、薊と狐の眉刷毛が別の花だということも花枝ちゃんが教えてくれたのだったわ」

お楽がくすっと笑ってみせると、花枝もつられたように笑みを漏らした。

「花枝ちゃんと離れ離れになってから、あの頃の日々を思い出さなかった時はありません。時を戻すことはできませんが、これから先の時を二人で埋めていくことはできるでしょう」

お楽はいったん口を閉じると、花枝をじっと見つめた。

「お返事はすぐでなくてかまいません」

花枝は真顔でうなずくと、

「考える時をしばらくください」

と、答えた。喜んで受け容れてもらえるとは、お楽も端から思ってはいない。ただ、すぐに断られることもあり得ると思っていたので、そうならなかったのは嬉しかった。脈がないわけではない、とお楽は思った。

大輔が一人で小鳥神社へやって来たのは、六月二十七日。花枝が大奥へ上がった翌日のことであった。

「竜晴さまあ、相談したいことがあるんだけどさあ」

大輔はいつものように庭先へ現れ、声を張った。

「これは大輔殿。話があるなら、上がってくれ」

竜晴は縁側へ姿を見せ、すぐに大輔を中へ通した。いつもは潑剌としている大輔がこの日に限って、妙に精彩を欠いている。

「花枝殿が一緒でないのはめずらしいな」

大輔に冷たい水を差し出しながら竜晴は尋ねた。

「……うん」

大輔はどこか上の空という様子で、水を飲み、この日はその冷たさへの感動を口にすることもなかった。

「一緒に行こうって姉ちゃんを誘ったんだけどさ。今日は疲れているから家にいるって言うんだ。今まで、そんな言い方したこと、一度もなかったのにさ」

大輔は力のない声で告げた。

「花枝殿が疲れていると言うのなら、無理をしないのは賢明なことだが。大輔殿が相談したいというのは、花枝殿のことなのか」

「うん、そうなんだ」

大輔は顔を上げ、竜晴をじっと見据えて言った。

「実は、姉ちゃん、昨日、お城の大奥ってところに行ったんだ」

真剣そのものという表情で大輔は告げる。

「ああ、前にも話していたな。お楽の方にお会いしに行くという話だったが……」

「そうなんだよ。姉ちゃんが大奥に招かれたって話は、うちのお父つぁんも晴れがましいって喜んでた。姉ちゃんも昨日はやけにめかし込んで、嬉しそうに出かけてったんだ」

「花枝殿が嬉しそうならよかったと言いたいところだが、大輔殿の様子からすれば、よからぬことが出先で起きたという話かな」

竜晴が先回りして問うと、

「いや、よくないことって、言っていいかどうかは分からないんだけどさぁ」

と、大輔は困惑した表情になる。

「俺はよく知らないんだけど、お楽さまって人と姉ちゃんは前にずいぶん親しくしていたみたいでさ。お楽さまが姉ちゃんに、大奥へ来てくれないかって言ったみたいなんだ」

「それは、お楽の方に仕える女中になってくれ、という旨のことだろうか」

「うん、そういうことらしい」

大輔はそこで竜晴に縋り付くような目を向けた。

「姉ちゃんは悩んでるんだ。返事はまだしてないらしいんだけど」

「ということは、命令のようなものを受けたわけではなく、行くかどうかは花枝殿の考えに任されているということなのだな」

「うん、そういうことだと思う」

「悩んでいるということは、花枝殿にとって必ずしも嫌な申し出ではないということかな」

「たぶん、そういうことだと思うんだけど……」

歯切れの悪い言い方をした後、

「おかしいだろ」

と、思い切った様子で、大輔は言った。

「おかしい、とは――？」

竜晴は落ち着いた声で訊き返す。

「だって、姉ちゃんがお城勤めなんておかしぃよ。そろそろ引きずるような着物を着て、お淑（しと）やかにしてなきゃならないんだろ」

「まあ、お城勤めをするすべての人が、そういう振る舞いを求められるわけではないだろうが」

「けど、姉ちゃんには似合わないよ」

大輔は決めつけるように言った。

「似合う似合わぬで、決めることではないと思うが」

竜晴は相変わらずの落ち着いた声で述べる。

「そりゃ、そうだけど……」

「大輔殿は、花枝殿に行ってほしくないと思っているのだな」

大輔はその問いにうなずく代わりに、

「竜晴さまはどうなんだよ」

と、少しぶっきらぼうに訊き返した。

「姉ちゃんがお城に行っちまって、めったに——いや、もしかしたら二度と会えなくなってもかまわないって思うのか」

「そういう訊き方をされれば、言う答えはおのずと決まってくる」

「……………」

「花枝殿に同じ訊き方をすれば、追い詰めることになりかねないぞ」

「そりゃあ、姉ちゃんには……言えないけどさあ。俺たち皆と二度と会えなくてもいいのか、とはさ」

「この答えは、花枝殿が自分で決めなければならないだろう。そのために大輔殿ができることは、余計な言葉を花枝殿の耳に入れず、静かに考えさせてあげることだけだと思うがな」

「う……ん。そう……なのかなあ」

大輔は納得したような、納得できかねるような、微妙な表情を浮かべている。

「その通りにはしたくないということか」

「いや、竜晴さまの言ってることが正しいってのは、分かるんだけどさ」

大輔は慌ててそう前置きした後、言葉を選ぶようにしながら語り継いだ。

「あのさ、俺が余計なこと言わない方がいいってのは分かるんだ。俺はあと何年かしたら、姉ちゃんとは別々に生きていくことになると思うから。けど……」

大輔はきまり悪そうに、竜晴から目をそらして先を続けた。

「竜晴さまがさ、姉ちゃんに何か言うのは、そのう、姉ちゃんが進む道を決めるのに、大きな道しるべになるっていうかさ」

「それは、たとえば、私が望まないと言えば、花枝殿が大奥へ行くのを取りやめるということか」

「いや、俺もはっきりそうだって言えるわけじゃあ、ないんだけどさあ」

「ふう……む」

竜晴は深く考え込むような表情を浮かべる。

「つまり、大輔殿は私にそう言わせようと、ここへ頼みに来たということか」

「いや、そこまで深く考えてたわけじゃないよ。俺はただ、竜晴さまに相談したかっただけなんだ。姉ちゃんは竜晴さまを尊敬しているし、竜晴さまの言葉が深く響くってのは本当だよ」

「ふうむ」

竜晴は再び考え込む。竜晴のそんな表情を見たことのなかった大輔は、少し怯んだ様子を見せた。

「あ、あのさ。竜晴さまに思ってもいないことを口にしてもらいたいとか、そういうことを考えているわけじゃないから」

「無論、口先だけの言葉を吐くことなど、私にはできない」

「そ、そりゃあ、そうだよね」

あははっと、大輔はごまかすように笑った。

「人が大事な決断をする時に、当人から問われてもいない者が、あれこれと口を挟むべきではないと私は思う」

竜晴は真面目に言う。

「うん、それはすごくよく分かるよ」

大輔もごまかし笑いを顔から消してうなずいた。

「だから、もし花枝殿が私に何かを尋ねてきたら、その時の私に答えられる真実の言葉で応じようと思う。無論、大輔殿にもそうしてもらいたい」

「分かったよ、竜晴さま」

と、大輔は迷いを吹っ切ったような調子で言った。この日初めて、晴れ晴れした表情を見せた大輔は、飲み残していた湯呑みの水を、元気よくごくりと飲んだ。

「時が経(た)っても、この水は冷たくておいしいね。竜晴さまが気を操っているからかあ」

ご機嫌な声で言う大輔の湯吞みに、竜晴は水差しから新しい水を注いだ。大輔が二杯目の水に口をつけると、

「そういえば、泰山も花枝殿から考えを訊かれるかもしれないな」

と、竜晴は思い出した様子で言った。その言葉に、大輔がいきなり噎せる。

「念のため、大輔殿から知らせておいたらどうかな」

「うーん、その見込みはあんまりないと思うけど……」

大輔は歯切れの悪い物言いをした。

「なぜだ」

「いや、何となくそう思うっていうか」

どういう意味かと問いかける竜晴の目から逃れるように、

「あー、分かったよ。泰山先生にも俺から知らせておきます」

大輔は少し不機嫌な声で言った。

四章　二尾の妖狐

一

　大輔が帰っていった後、夕方になって現れた泰山は、憂いに沈んだ顔をしていた。

無言で薬草畑の具合を確かめ、薬草に話しかけることもなく、足を引きずるようにして井戸水を汲み、水撒きをしている。

　その様子を樹上から見ていた小烏丸は、カアカアと鳴いた。

「医者先生の様子がおかしい。竜晴よ、これを放っておくのか」

と、小烏丸は騒いだのだが、もちろん、泰山にその声の中身までは通じない。

「何だ、うるさいカラスだなあ」

などと、ぼやきながら空を見上げたものだから、小烏丸は腹を立てた。

「医者先生は我の正体を分かっていないのか。小烏丸さまと分からないのは致し方ない。しかし、かつて我を治療した身でありながら、己の患者と別のカラスとの区別がつかぬとは、何という腑甲斐なさ」

小烏丸が騒ぎ立てる声を聞きつけ、竜晴が縁側に現れた。竜晴の目が自分に注がれるのを感じ取り、小烏丸は鳴くのをやめる。

「ああ、竜晴。邪魔していた」

泰山はいつになく力のない声で挨拶した。

「いや、勝手に入ってもらうのは一向にかまわないのだが、どうかしたのか」

竜晴が様子をうかがうような眼差しで問う。

「ああ、どういうわけか、あそこのカラスが急にうるさく鳴き出してな。カラスはもう山へ帰る頃だろうに」

「いや、カラスのことではなく、お前のことだ。何だか疲れ切っているように見えるが」

仕事が忙しかったのかと尋ねた竜晴に、いやそうではないと泰山は首を振る。それから、患者宅を回る途中で大輔に会い、話を聞いたのだと続けた。

「花枝殿のことだな」

「うむ。花枝殿は悩んでいるらしいな」

そう言う泰山こそが深く思い悩んでいるふうに見える。

「私はまったく門外漢で、大奥などと聞かされても、それがどんなところなのか、まったく分からない。それゆえ、そこへ行くことが花枝殿にとってよいことかどうか、まるで見当がつかず困惑している」

「花枝殿にとってよいことかどうか分かれば、お前の考えは決まるのか」

竜晴は少し目を見開いて泰山を見つめた。

「無論、花枝殿にとってよいことならば後押しするし、そうでなければ反対する」

泰山は迷いのない口調で言った。

「お前こそ、どう思うのだ」

「私は、花枝殿の考えが何にも勝ると考える。だから、その花枝殿から訊かれれば、真摯（しんし）に答えるつもりだが、そうでない限り、何かを口にするつもりはない」

竜晴の言葉にも迷いはなかった。

「ああ。大輔殿もそんなことを言われたと言っていたな」

と、応じた泰山は、竜晴の考えに対しては何も言わず、

「せめて大奥がどういうところか、分かるなら……」

と、頭を抱えている。

「まあ、男のお前には見ることの叶わぬ場所だ。だが、京の帝の後宮のようなものを思い浮かべればいいだろう」

「帝の後宮と言われたところで、そちらとて見ることの叶わぬ場所ではないか」

泰山は言い返した。

「見ることは叶わなくとも、物語などに書かれている。もちろんありのままではなかろうが、おおよそのことは分かるだろう」

竜晴の言葉に、泰山は虚を衝かれたような表情を浮かべた。

「物語とは、先日、私がお前に託した『御伽草子』なども入るのか」

「その通りだ。あの中にも確か、後宮を扱う話があったはずだ」

「ん？　あれは確か狐の話を集めたものだと、言っていなかったか」

それがどうして後宮の話になるのだと、泰山は首をかしげる。

「それを知りたいのなら、まずは自分で『御伽草子』を読んでみればいい」

暇はあるのかと竜晴が問うと、仕事帰りの泰山は大丈夫だという。竜晴は中へ入ってくるようにと勧め、水撒きの道具を片付け始めた泰山より先に部屋へ戻った。すでに行灯の火は灯され、棚にしまってあった『御伽草子』が机上に置かれている。抜丸の仕事ぶりに抜かりはない。

竜晴が座って『御伽草子』に目を通し始めたところへ、泰山が上がってきた。

「この冊子には、四種の話が収められており、すべて狐の話だ。その中の『玉藻の前』が後宮を扱っている」

竜晴は『玉藻の前』を開いた形で、泰山に冊子を渡した。神妙な表情で手にした泰山は、さっそく目を通し始める。

遠い昔、鳥羽上皇に仕える美しい下女がいた。女は美しいばかりでなく、大変な物知りでもあり、上皇をはじめ公卿や殿上人たちから盛んにもてはやされていた。ある時、管絃の遊びが行われたのだが、折しも強い風が吹き、御簾の中の火をすべて吹き消してしまうという珍事があった。上皇に仕える女は御簾の中にいたのだが、この時、女のいる御簾だけが光り輝いていたため、皆は驚嘆する。

まさに御仏か菩薩の化身に違いない。その光はまるで玉が輝きを放つよう——。

人々はそう言い合い、やがて、この女を「玉藻の前」と呼ぶようになった。

玉藻の前に対する鳥羽上皇のご寵愛はますます深くなり、分からないことがあれば玉藻の前に訊けばよい、とまで言われるようになる。

ところが、間もなくして、鳥羽上皇は原因の分からぬ病にかかり、床に就いてしまった。さっそく医者の典薬頭が呼ばれたが、「この病は邪気によるもので、通常の治療で治せるものではありません」と言う。そこで、陰陽師の安倍泰成が呼ばれ、祈禱の僧侶たちも集められたが、その効果は現れない。

そうこうするうち、安倍泰成が言い出した。

「上皇さまの病は玉藻の前によるものでございます。玉藻の前を遠ざけない限り、お命に関わるでしょう」

ところが、玉藻の前を寵愛する鳥羽上皇は、泰成の言を聞き容れない。そうするうちにも、上皇の病は重くなる一方である。

「玉藻の前の正体は、丈は七尋（約十三メートル）、尾は二本ある百歳の妖狐でございます。下野国那須野を住処としていますが、上皇さまのお命を縮めるため、美女に化けて現れたのでございます」

やがて、玉藻の前は妖狐の本性を現し、那須野へ逃亡する。そのことを知った鳥羽上皇はようやく正気に戻り、二尾の妖狐の討伐を命じた。

上総介（かずさのすけ）と三浦介（みうらのすけ）に妖狐討伐の命令が下される。

両名は一族郎党を引き連れて戦いに挑むが、一度目は逃げられてしまった。しかし、犬を狐に見立てて訓練をした兵たちは再び討伐に挑み、ついに狐に矢を当てることに成功。二尾の妖狐は無事に討伐されたのであった。

「なるほど、後宮が恐ろしいところだとよく分かった」

泰山は『御伽草子』の冊子から顔を上げて言った。

「まあ、この話が後宮のありようを示しているとは言えないが……」

「しかし、こういった化け物が現れるところなのだろう」

泰山は苦虫を噛み潰したような表情で呟く。

「その謂（いわ）れとして、第一に、力ある場所には物の怪も集まりやすいということが挙げられる。京で最も力のある場所は御所、江戸で最も力のある場所は千代田のお城ということだ。第二に、物の怪は女に化けたり憑いたりしやすいということが挙げられる。もちろんすべてではないがな」

「要するに、大奥はそういう恐ろしい場所ということだ。私は花枝殿にはやはり大奥へは行ってもらいたくないと思う」

心を決めた様子で言う泰山に、

「だが、別の考え方もできる」

と、竜晴は切り返した。

「どういうことだ」

「花枝殿は恐ろしい場所と承知の上で、行こうと思うのかもしれない。お楽の方がそういう場所におられるのなら、自分がお守りしたい、もしくは互いに助け合いたいと思っているのかもしれぬ」

「花枝殿にとって、お楽の方は大事な友人というわけか。うーむ」

泰山は腕を組んで、再び悩み始めた。

「大奥は危ないところだから行くべきではないと、お前がどうしても伝えたいなら、花枝殿に言えばいい。もちろん、その上で決めるのは花枝殿だ」

竜晴の言葉に、泰山は腕を組んだまま首をかしげる。

「そうしたい気持ちは山々だが、お前は余計なことは言わぬ方がいいという考えではなかったのか」

「それはあくまで私の考えだ。相応の強い思いであるならば、花枝殿の決断に必ずしも邪魔になるとは限らないだろう」

「ふむ……」

泰山はあいまいにうなずいて、腕をほどいたが、どうするという結論は述べず、

「ところで、下野の那須野といえば、殺生石（せっしょうせき）の言い伝えがある場所ではないか」

と、話を変えた。

「その通りだ」

竜晴はおもむろにうなずき、殺生石とは近付いた人や獣を瘴気（しょうき）で殺してしまうため、そう呼ばれるのだと告げた。

「もしや、この『玉藻の前』の話と関わりがあるのか」

「ああ。この話の結末にはなっていないが、妖狐が殺生石になったという言い伝えがある。今の那須野で殺生石が人や獣の命を奪っているわけではないが……」

「そう聞いて安心した。殺生石は今では妖力がなくなったということなんだな」

「鳥羽上皇の時代からだいぶ経って、殺生石を砕いた人がいたのだ。その欠片があちこちへ飛び散り、そこで悪事を為しているという話も伝えられているが、そこには作り話も混じっているだろう」

「いずれにしても、二尾の妖狐とは恐ろしいものだな。先日見た狐火などとは、格が違うようだ」

宇迦御魂に仕える天狐が聞いたらふてくされそうなことを言い残し、泰山は帰っていった。花枝の身を案じるその心の悩みは今なお深いようであった。

二

アサマの主人である伊勢貞衡が小鳥神社に礼を述べに来るのは、その後の使者のやり取りで、六月の末日と決まっている。それまでの日々も、アサマは一日一度空へ放ってもらえる時を利用し、小鳥神社へ遊びに来ていた。

白い天狐から依頼された狐探しには興味津々で、その後もどうなったかとしきりに訊いてくるのだが、これという進展はない。天海大僧正からの返答も、取りあえず思い当たることはないというものであった。

「狐とは罠にかかるものでござる。手を拱いたまま待つのではなく、罠など仕掛けてみるのはいかがであろう」

アサマはやる気十分なのだが、

「狐といったって、野山の獣じゃあるまいし、どんな罠を仕掛けるというのか」

と、抜丸から言い返されると、これという案はないらしい。

「そこはそれ、こういう時に知恵を出すのは、古来カラスでござろう」

などと、小烏丸に話を振って澄ましている。

「ふむふむ。知恵といえばカラス、とはよう言うたものだ。神々の中でも、八咫烏の知恵は他を圧しておる」

小烏丸はといえば、アサマに持ち上げられて気をよくしているが、自分で知恵を出そうという気はない。かくして、アサマが加わったことで、付喪神たちの対話はいっそう賑やかなものとなっていたのであった。

そして、六月二十八日の昼過ぎも、アサマはいつものように小烏神社へ来ていたのだが、この日はそこへ別の来客があった。

抜丸はただちに庭の草むらへ這い、小烏丸は空へ飛び上がったが、アサマはさてどうしたものかとうろうろしている。人に飼われている鷹だから、来客ゆえに姿を隠すという意識が働かないのだ。しかし、伊勢家の屋敷ならばともかく、小烏神社の部屋の中に鷹がいるのは不自然である。

先に庭木の枝へとまった小烏丸が、「早く来い」と鳴くのを聞き、アサマはあたふたと飛び上がっていった。

庭先へ花枝が現れたのは、ちょうどその時である。羽搏いたアサマの姿を見上げる形となった花枝は、

「あら、あの鳥は……?」

と、奇妙な目をして呟いた。

「花枝殿、ようこそお越しくださいました。今日はお一人なのですね」

縁側に出た竜晴が挨拶する。

「宮司さま、ご機嫌よう」

と、いつものように挨拶した花枝だが、「あのう、今、そこの木の枝に見慣れぬ鳥がとまったようなのですが」と再び目を木の上へ向けて言う。

「鳥はどこからでも飛んでくるものですから、気にしないでよいでしょう。それより、昨日来た大輔殿は花枝殿がお疲れだと言っていましたが、お加減は大事ないのですか」

「ええ。ちょっとした気疲れにすぎません。昨日は失礼をいたしました」

　花枝は竜晴に目を戻し、丁寧に頭を下げた。少し相談したいことがあると言うので、竜晴は中へ上がるよう勧めた。

　竜晴の差し出した湯呑みの水を飲んで、「生き返るようです」と笑顔になった花枝は、大奥へ行った時の話を語り出した。「大輔からお聞きになっていると思うので」と、お楽から大奥入りを勧められた話を簡単に告げた後で、

「宮司さまにお伺いしたいことがあるのです」

　と、花枝は居住まいを正して切り出した。

「何でしょうか。私に答えられる限りのことは答えようと思いますが」

「そうおっしゃってくださると思いました」

　と、花枝は笑顔になる。

「実は、私、お楽さまにお会いして、言い知れぬ不安を抱きましたの」

「不安……ですか」

「大勢の方々と公方さまのご寵愛を競い合うお暮らしは、ただでさえ気の休まらぬことと思われます。おそらく、妬み嫉みを受けるのも当たり前のことなのでしょう。お楽さまはもともと、とても心のお優しいお方です。誰かと張り合うようなお暮らしは似合わないのです」

花枝は揺るぎのない口ぶりで言った。

「不安とは、お楽の方が気苦労を重ねているのではないか、という懸念ですか」

竜晴が問うと、

「それもありますが、私が感じた不安はもっと別のものなんです」

と、花枝は竜晴の目をじっと見つめ返してきた。瞬き一つせず、竜晴の目を見据えたまま先を続ける。

「お楽さまは誰かに呪われているのではないか。私、そのことが心配でたまりませんの」

「呪われている？　どうしてそう思うのですか」

竜晴は花枝の目をのぞき込むようにして尋ねた。花枝も目をそらさず見つめ返してくる。

息の詰まるような見つめ合いが寸の間、続けられた。先に目をそらしたのは、花枝であった。

「どうしてって、これという謂れなんてありませんわ」

と、花枝は答えた。

「私には宮司さまのような力はないんですもの。だから、お楽さまに会って、ただそう思ったとしか言いようがありません」

「では、単なる思い込みではありませんか」

冷淡にも聞こえる声で、竜晴は淡々と訊いた。

「思い込みなどではありません」

花枝は心外だとばかりに、尖(とが)った声で返事をする。

「思い込みでないとおっしゃるからには、その裏付けを示してくださらなくては」

竜晴も食い下がった。

「裏付けなんて言われましても……」

花枝は目をうろうろと左右に動かしながら、今度はひどく落ち着かない様子を見せた。

「お楽の方がそれらしいことをおっしゃったとか、お楽の方の背後に何かが見えたとか、あるいは、大奥で出会った別の方が花枝殿に何かを言ったとか。その手のことはなかったのですか」

「……ええ、何もありません」

「ならば、おかしいですね。ふつうの人は何の根拠もなく、誰かに呪われているなどと言い出したりしないものです。それを察する特別な力を持っているのでない限り——」

「私はそんな力は持っておりません」

花枝は高い声で竜晴の言葉を遮ると、「そんなことより教えてください」と竜晴に迫った。

「お楽さまは誰に呪われているのでしょう。宮司さまならばそれがお分かりになるはず。どうかそれを私に教えてください」

「今の花枝殿の話だけで、お楽の方が誰に呪われているかなどは分かりません。私がお楽の方を見るなり、呪詛の道具が見つかるなり、そういった根拠があって初めて、呪詛なり憑き物なりの正体を見極められるのです。そうでない限り、お祓いもできませんよ」

「それでは、お楽さまにこのまま、呪われて死ねとおっしゃるのですか」

花枝は今にも泣き出しそうな声で言った。

「誰もそんなことは言っていません」

竜晴は落ち着いた声で穏やかに言う。

「本当にお楽の方が呪詛されているのであれば、手を講じなくてはなりません。まずは様子を見ることとし、お楽の方から再び大奥へ来るようにと誘われたら、それを承知し、私にも知らせてください」

竜晴がゆっくりと説き聞かせる間、花枝はじっとうつむいていた。昂奮状態は収まってきた様子で、あえて言葉を返そうとはしない。

「場合によっては、寛永寺の大僧正さまに話を通すこともできます。大僧正さまでも大奥に入ることはできませんが、あの方ならいくらでも打つ手がある。公方さまに話を通すこともできる方ですから」

必要以上に不安がったり嘆いたりすることに意味はないと、竜晴が説くと、ようやく花枝は顔を上げた。そっとうなずいた時、潤んだその両目から涙が落ちた。

落ち着きは取り戻したものの、悄然（しょうぜん）とした花枝が帰っていくと、付喪神たちは再び竜晴のもとへ集合した。人とは違う力を持つものたちであるから、竜晴と花枝の会話はすべて聞き取っている。

「何という無礼な娘でしょう」

真っ先に怒りの声を上げたのは、抜丸であった。

「これまで幾度となく、竜晴さまに助けてもらった恩も忘れてからに」

「待て待て。あの娘本人を竜晴が助けたことはなかったはずだぞ。竜晴が助けたのはあの娘の弟であって、いつも竜晴を煩（わずら）わせるのは弟の方であろうが」

小烏丸は一応、花枝を庇（かば）うような言葉を吐いた。そして、その言葉の中身はおおむね正確である。花枝はこれまでも竜晴が祓った種々の物の怪に関わることはあったが、自分が憑かれたりした経験はない。

「弟が迷惑をかけたのなら、姉も同罪に決まっている」

抜丸の怒りは収まらない。

「竜晴さま、あの娘にはっきりと申し渡してやってください。二度とこの社の鳥居をくぐるな、と――」

抜丸は憤慨した口ぶりのまま言った。

「いや、それはさすがに厳しすぎるのではないか。なあ、竜晴」

と、小烏丸は竜晴の機嫌をうかがうような調子で訊く。

「お前たち、私と花枝殿の対話を聞いていたなら、何かおかしいと思ったことはないか」

竜晴は付喪神たちの言葉への返事はせず、別のことを訊いた。

「おかしいと思ったこと――？」

抜丸と小烏丸は互いに顔を見合わせた。

「確かに、いつもと様子が違っているようには見えましたが」

「ふむ。我も同じだ。あの娘、落ち着きはないが頭は悪くない。道理を通して話をすれば、それを理解するだけの賢さはあったはずだ。それが今日に限って、道理も何も聞き容れるふうではなかった」

二柱の言葉を受け、竜晴はゆっくりとうなずいてみせる。

「私も同じだ。今日の花枝殿はいつもと違っていた。ただし、人というのはいつも同じというわけではない。特にこの度、花枝殿は長い間、離れ離れになっていたお楽の方と再会し、その人を思う気持ちで心が占められている。そういう時、人はふだんの冷静さを失い、情で物事をとらえようとする。今の花枝殿がまさにそれだったのかもしれない。が……」

竜晴が考え込む様子で沈黙すると、

「何か気になることがあるのだな、竜晴」

と、小烏丸が羽をばたつかせて訊いてきた。

「おい、竜晴さまの考えごとの邪魔をするな」

抜丸が小烏丸を叱りつけたが、「いや、かまわぬ」と竜晴は言った。

「まだ、確かなことは言えないのだが……」

と、言いかけた竜晴は、その時、アサマに目を向け、口を閉ざした。竜晴の眼差しを追う形で、抜丸と小烏丸もアサマに目を向ける。

アサマはいつもの堂々たる佇（たたず）まいとは裏腹に、何とも落ち着かない様子でそわそわしていた。

「どうかしたのか」

竜晴が尋ねると、

「う、うむ」

と、どことなくきまり悪そうな様子で応じる。

「さっきから気になってならなかったのだが……」

「さっきから……？」

「うむ。あの娘を見た時からだ」

「花枝殿がどうかしたのか」

「あの娘には獲物の気配がする」

爪を立てたくなって困ったと、おかしなことまで言い出した。

「獲物とはどういうことだ。鷹は人を襲ったりしないものだろう？」

「うむ。それは間違いない。まして、それがしは人に飼われているゆえ、人を襲おうとは思わない」

「ならば、どうして花枝殿にだけ」

「それがしは前にもあの娘を見たことがあるが、その時はそうは思わなかった。つまり、あの時と今は別人ということだ」

「別人って、何かがあの娘に化けているということか」

小鳥丸が頓狂な声を上げる。

「いや、そこまではそれがしには分からぬ。ただ、そう思えたというだけで」

アサマは困惑した様子で明言を避けた。

「ふむ。何かが花枝殿に化けているか、花枝殿に何かが憑いているか」

竜晴が再び考え込むと、抜丸が「もしや」と今度は冷静な声で切り出した。

「例の天狐の言う狐が、化けたか憑いたかしたのではないでしょうか」

その言葉に、皆は互いの顔を見合わせ、しばらくの間、沈黙していた。

三

翌日の二十九日は、小の月である六月の末日に当たる。そして、この日はアサマの主人である伊勢貞衡が小鳥神社を訪ねてくる日であった。

泰山にも事前に知らせ、貞衡がやって来る夕七つ（およそ午後四時）の頃、立ち寄れそうなら寄ってほしいと伝えてある。患者宅を回っている泰山はその状況次第だと言っていたが、何とか都合がついたと、七つの少し前に小烏神社へ現れた。

泰山が到着してからほどなくして、貞衡が供を連れて現れた。この神社で治療を受けていた鷹匠の三郎兵衛もその中に加わっているが、この日はアサマを連れてはいない。

「その節は、賀茂殿にも立花先生にもお世話になりました。まことにもってかたじけない」

部屋へ通された貞衡は、二人を前に丁重に礼を述べた。その後ろで、三郎兵衛は額を床につけんばかりに深々と頭を下げている。

「ご丁寧に恐れ入ります。ご家中の方がお礼に来てくださったのですから、伊勢殿が直々に足を運んでくださることもございませんのに」

竜晴の言葉に、貞衡はそういうわけにはいかぬと生真面目に返した。

「三郎兵衛ばかりでなく、鷹のアサマまでが世話をおかけしたのです。主人として知らぬふりはできませぬ」

挨拶が終わり、三郎兵衛が身を起こしたところで、泰山が声をかけた。

「三郎兵衛さんはその後、お体の方は大事ありませんか」

貞衛が直に答えるようにと促したのを受け、三郎兵衛は「へえ、お蔭さまで」と恐縮した様子で答えた。

「こちらでお世話になっている間に、傷は大方癒えておりましたし、その後も先生のお教えに従い、十薬で手当てをしておりましたので、今はもうすっかり」

「ところで、体の傷とは別に、何らかの異変のようなものはありませんか」

竜晴がおもむろに尋ねると、三郎兵衛は表情を強張(こわば)らせた。

「体の傷とは別とおっしゃいますと、そのう、物の怪といった類に操られるとか、そういったことでございましょうか」

「まあ、そういったことも含めて、ということです」

実際、三郎兵衛は腕に「呪(じゅ)」という文字の焼き印を押され、何ものかに操られた。敵の正体は分からず、三郎兵衛を操って何をしようとしたのかも不明のままだ。ただし、敵の企(たくら)みを阻んだのが、竜晴と天海、伊勢貞衛であり、敵がこの先、三人を標的として狙ってくることは十分にあり得た。

三郎兵衛は自分に何が起きたのかは知らされていたが、操られていた時の記憶はないという。

「はあ。あの後は、特に異変の類を感じることはございませんでした」

三郎兵衛は少しの間を置いた後、慎重な様子で答えた。

「操られていた時のことを思い出したとか、逆に何をしていたのか覚えていない空白の時があるとか、そういうこともありませんか」

「へえ、ございません」

と、三郎兵衛は神妙に答えた。

「ところで、鷹のアサマはいかがですか」

と、念のため、竜晴は尋ねた。毎日のように小烏神社へやって来るアサマの様子は分かっているが、この場で何も訊かないのは逆に不自然だろうと考えてのことだ。また、伊勢家におけるアサマの様子について聞いておきたいという思惑もあった。

「へえ、アサマも元気にしております。毎日、空へ放してやっておりますが、帰ってくるまでの間が少し長くなったことを除けば、これということは――」

アサマの放浪が長くなったのは、小烏神社で二柱の付喪神たちとわいわいやっているからだ。竜晴の見るところ、小烏丸や抜丸と一緒にいるのが楽しいらしい。小烏丸と抜丸もアサマの訪問を手放しで歓迎するわけではないものの、アサマをそれなりに気に入っているようであった。

「それがしもアサマの様子は時折見ておりますが、特に変わったところはないようですな」

と、貞衡も言葉を添えた。

「ところで、賀茂殿の方はいかがでございますか。あの後、三郎兵衛とアサマに不届きな真似をした輩について、何か手掛かりのようなものは――」

貞衡から探るような目を向けられたが、竜晴は首を横に振るしかない。

「いまだ何も分かりません。敵の残した手掛かりが今のところ、鷹匠殿の手の火傷（やけど）痕のみ。ゆえに、何かあるとすれば、そちらかと思っていたのですが」

竜晴の返事を聞くなり、貞衡は溜息を一つ漏らした。

「寛永寺の大僧正さまも、これといった手掛かりはないとのことでございました」

貞衡の言葉にうなずきつつ、竜晴は天狐からの依頼の件をどう告げたものかと、少し思案していた。験力や呪力を持たぬ貞衡には、ありのまま伝えるわけにはいかない。同じようにそうした力をいっさい持たぬ泰山もいる。天狐が来たと言っても受け容れてもらえず、狐が悪さをしに来たと誤解される恐れもあった。

少し考えた末、竜晴は話し方の手順を頭の中で整えてから口を開いた。

「ところで、先の一件とは別の話ですが、一つ気にかかることがあります」

「何であれ、賀茂殿が気にかかっておられるのなら、それがしにも聞かせていただきたい」

貞衡はたちまち食いついてきた。

「実は、この神社の氏子の娘御の話なのです。少し前、この立花泰山先生が治療したカラスを解き放った時にも、ここへ弟と一緒に来ていたのですが、覚えておられますか」

「おお、覚えております。よくこの神社へ来る氏子の姉弟（きょうだい）ということでしたな」

「はい。花枝殿というのですが、大奥のとある女人と前からの知り合いで、その方のお招きに与（あずか）り、先だって大奥へ参られたのです」

その方の名は取りあえず伏せておきます——と竜晴は断ったが、貞衡も当然のことだという表情でうなずく。

「久しぶりの対面で、花枝殿もたいそう喜んでいたそうなのですが、帰ってきてから妙なことを言い出されました」

「妙なこと……？」

貞衡が怪訝な表情で呟き、泰山も何のことかという顔つきで、竜晴を見据えてくる。花枝が昨日小烏神社に来て、話していった中身については、まだ泰山にも伝えていない。

「花枝殿のお知り合いのその女人が、呪詛を受けているようだというのです」

「何、呪詛ですと――」

貞衡の表情がにわかに厳しいものに変わった。

「上さまにお仕えする女人に呪詛とは、由々しき事態ではございませぬか」

「はい。事実であるならば、まったくその通りです」

「事実ならば、とは、そうではないかもしれぬとお考えですか」

「実は、呪詛云々の話は、件の女人から訴えられたわけではありません。花枝殿はそう感じたとおっしゃるのですが、その謂れをお尋ねすると、これという明瞭な答えが返ってくるわけではないのです」

「つまり、その花枝という娘御の思い込みかもしれない、と――？」

「そのあたりは、もう少し様子を見ないと、何とも言えませんが」

「ううむ、大奥の呪詛といえば、女人同士の妬み嫉みかと勘繰りたくなりますが、あそこは春日局殿が厳しく取り締まっておられますからな。めったなことで、道を踏み外す女もいないとは思いますが」

貞衡は考え込むふうに呟く。

「春日局さまとは、公方さまの御乳母殿でいらっしゃいましたか」

「さよう。今の大奥の仕組みを整えたのはあの方で、公方さまのお目に適う女人を取りそろえるべく、なかなかご苦労もなさっておられます」

将軍に世継ぎがいないので、春日局がやきもきしているという話は、大っぴらにではないが市井でもささやかれている。というのも、春日局がこの際、身分がどうこう言っていられぬとばかり、町娘でもこれという者を見つけたら、大奥へ引っ張り上げているせいだ。

「伊勢殿は春日局さまとご懇意でいらっしゃるのですか」

竜晴は貞衡に尋ねた。天海とも親しくしている旗本なのだから、春日局と面識があっても不思議はないのだが、

「どうして、さように思われますか」

貞衡はすぐには答えず、竜晴にそう訊き返した。

「ご苦労なさっておられるようだ、とはおっしゃいませんでしたので」

春日局の苦労を人づてではなく直に知る口ぶりだった、と言ったのである。それを聞くなり、貞衡は「さすがは鋭くていらっしゃる」と声を上げて笑い出した。

「懇意というわけでもありませんが、直に存じ上げてはおります。というのも、それがしが大奥に勤める女中の後見人をしておりますのでな」

と、貞衡はもはや何も隠すことはないとばかり、すらすらしゃべった。

「正式な養女ではないのですが、同じようなものですので、名を隠すまでもありません。お駒（こま）という娘で、春日局殿のおそばに仕えております。残念ながら、まだ上さまのお目には留まっておらぬようですが、そうなれば正式に養女といたす所存」

「そうだったのですか」

春日局がこれと目をつけた娘を大奥へ上げる際、旗本や御家人の娘ならよいが、そうでない町娘の場合、体裁を調える必要がある。それで、懇意の旗本や御家人の養女格と為し、大奥へ上げているのだろう。もっとも、将軍の目に留まらず、大奥を下がる娘も出てくるだろうし、そうなれば養女の話も立ち消えになる。

どうやら、お駒という娘はその瀬戸際に立っているようだ。お駒の出自については貞衡も明かさなかったが、古着屋の娘であるお楽の方と似たようなものかもしれない。

「しかし、呪詛などと不穏な話を耳にいたせば、お駒のことも気にかかりますな」

貞衡は思案顔になって言う。

「この件はまだはっきりしたわけではありませんし、いたずらにご心配なさるには及びません。ただ、伊勢殿のご周辺の方はお気をつけになった方がよいのは確かです。私の方も、花枝殿のお知り合いの女人のことで、何か分かればすぐにお知らせいたしましょう」

竜晴が言うと、貞衡は顔つきを引き締めた。

「それがしもお駒から何か知らせてくることがあったら、すぐに賀茂殿と大僧正さまにお伝えすることにいたしますぞ」

「はい。この先も慎重に事に当たってまいりましょう」

二人は改めて助力を惜しまぬことを確かめ合い、やがて貞衡は三郎兵衛らと共に帰っていった。

泰山はまだ訪ねていない患者宅があるとのことで、そちらを回ってから帰宅するという。

「花枝殿はお楽の方のことをたいそう案じているのだろうな。呪詛などという事態が起こっているのならば……」

花枝の心がますます大奥へ向いてしまうと、泰山は悄然とした様子で呟いた。

「少なくともお楽の方が無事であると思えない限り、花枝殿の心からお楽の方が消えることはないだろうな」

「大奥の外からその人の身を案じて暮らすより、身近にその姿を見られる方が、花枝殿にとってもよいのかもしれない」

「泰山……」

花枝の身を案ずるがゆえに、大奥へは行ってほしくないと願う。その一方で、友を案ずる花枝の心を慮るがゆえに、大奥へ上がる方がよいかもしれぬと、己の願いに蓋をする。

そうした泰山の考え方は手に取るように、竜晴にも分かった。だが、そういう葛藤（とう）を抱える泰山に、今何を言えばいいのかは分からない。

いや、分からないのではなく、その答えが初めから自分の頭の中にはないのだ。

その答えは、誰に問い、どこへ行けば見つかるのだろう。竜晴がそう思っているうちに、泰山は帰っていった。

そして、この日に限って、どこかへ姿を消している付喪神たちはなかなか竜晴の前に現れなかった。まるで、今竜晴の抱えている問いに対し、自分たちは答える術（すべ）を持たないと、無言の返事をしているかのようであった。

五章　焼き餅は狐色

一

花枝が再び大奥へ出向く日は、月が変わった七月三日と決まった。それを伝える使者が大奥から遣わされたのは数日前のことだが、このすぐ後で、もう一人の客が花枝を訪ねてきた。

「大奥からまた、お使いの方がお見えですが」

花枝に取り次いだ女中は、怪訝そうな表情でそのことを伝えた。つい先ほど、お楽の使者を帰したばかりなので、花枝も首をかしげた。

「さっきのご使者がまた戻ってこられたの？」

「いえ、別の方でございます」

ならば、一人目の使者に伝えそびれたことがあり、新たに別の使者を立てたということか。二人の使者は入れ違いになってしまったのだろう。

「取りあえずお通しして」

花枝はそう女中に告げた。

先ほどの使者は父の朔右衛門も一緒に対面したのだが、二度目なのだから、今度は自分だけでも差し支えないだろう。そう考えた花枝は、旅籠の仕事に戻った父をあえて呼び戻しはせず、自分一人で客間へ戻り、使者を迎えた。この時まで、花枝はその使者がお楽からのものであることを疑っていなかった。

対面した使者は二十代半ばほどの女で、先ほどの使者とは別人である。

「大和屋の花枝殿でいらっしゃいますね」

と、花枝の素性を確かめてきたのも、妙な感じを受けた。

「確かに、私は花枝でございますが、そちらさまはお楽の方さまのご使者でいらっしゃいますよね」

花枝が訊き返すと、使者の女は花枝を無言で見つめ返してきた。一呼吸の間を置いた後、

「私はお楽の方さまより遣わされた者ではございませぬ」

と、女は答えた。

「ですが、大奥からのご使者だって——」

偽ったのかとやや気色ばんだところ、女は「はい」と落ち着いた様子で答えた。

「大奥より参ったのは本当でございます。私はお駒さまというお方にお仕えする女中でございます」

「お駒さま……？」

そう言われても、花枝に思い当たることは何もなかった。お楽の口から、他の大奥の女人についてはいっさい聞いていない。

「お駒さまは、旗本伊勢家のご養女であらせられます」

女の言葉の真偽を確かめる術が花枝にはない。伊勢家と聞いて、そういえばと思い当たったのは、かつて小鳥神社に来ていた侍のことである。しかし、伊勢という名の旗本が江戸にどれだけいるのか、花枝は知らなかったし、あの侍との関連を確かめようもなかった。それで無言を通していたら、

「お駒さまはお楽の方さまと親しくしておいでてございます」

と、女はさらに言った。

「そうですか」

お楽から何も聞いていない以上、花枝には他に言いようがない。

「実は、お駒さまより花枝殿への書状を預かってまいりました」

女はそう続けて、懐から一通の書状を差し出した。

「お駒さまから私へ直に、でございますか」

お楽を通してではない点が引っかかった。面識のない相手に、書状を遣わそうというのなら、間に人を立てるものであろうに。

「妙なこととお思いでもございましょうが、お駒さまからの書状をお読みになれば、すべてお分かりいただけると存じます」

と、使者の女は言う。そこで、花枝はお駒からの書状を読み始めた。

そこにはまず、使者の女が言っていたように、お駒がお楽と親しくしてきたことやお駒が伊勢家の養女である旨がしたためられていた。続けて述べられていたのは、自分がいかにお楽のことを案じているか、お楽を大事に思っているかということであった。

「花枝殿もそれは同じでありましょう」

と、お駒は花枝の心を推し量る。だから、自分たちは力を合わせることができるはずだ。慎み深いお楽はおそらく打ち明けないだろうから、自分から伝えるのだと、お駒は綴っていた。

「お楽さまは上さまのお情けを受けたことで、女たちからたいそう妬まれておいでです。実にさまざまな嫌がらせを受けておられますが、お楽さまは上さまや春日局さまにそれを訴えることもおできになりません。お人柄もございますが、それをすれば、お楽さまこそが他の女人を蹴落とそうとしていると思われてしまう、大奥とはそういうところなのです。黙っていることはむしろ賢明ではあるのですが、このままではお楽さまがまいってしまわれるでしょう」

それに続けて、自分はお楽の味方であり、お楽を助けたいと思っているので、ひそかに力を貸してもらえないか、とあった。

花枝が書状を最後まで読み終え、顔を上げると、待ち構えていた様子で使者の女が口を開いた。

「その先のことは、私から口頭で伝えるようにと申しつかっております」

花枝がうなずくと、女は先を続けた。

「次にお楽の方さまからお招きに与った際、お駒さまのところへも寄っていただきたいのでございます。ご案内は私がいたしまする。ただし、お楽の方さまにはまだご内密に」

「分かりました」

と、花枝は答えた。続けて女は、花枝の大奥訪問の日時を尋ねてきた。

「七月三日の昼八つ（午後二時頃）と承りました」

と、これも正直に答えた。

「では、お帰りの際を見計らってお迎えに上がりましょう。お楽の方さまより付けられた案内役もいるでしょうが、花枝殿は何もなさらず、何もおっしゃらず。すべてこちらでどうにかいたしますので」

女はそれだけ告げ、帰っていった。最後に、お駒の書状は処分してほしいと言われ、花枝は承知した。

女が帰っていってから、書状の流れるような筆跡に再び目を向ける。字は美しいが、そこから禍々（まがまが）しい怨念が立ち上ってくるようであった。花枝は書状を畳むと懐に入れ、立ち上がった。小鳥神社へ行かねばならなかった。

花枝が小鳥神社へ向かっている頃、竜晴は神社にはいなかった。

寛永寺の住職である天海から呼び出され、付喪神たちを連れて、そちらへ出かけていたのである。

「ご足労をおかけいたした。そこなる付喪神たちもご苦労であったな」

人払いのされた席へ、竜晴と付喪神二柱を迎えた天海は、まず労いの言葉をかけた。ふつうの人が見えぬ付喪神の人型を、天海は見ることができる。

「賀茂殿とは四谷の一件以来か。小鳥丸は先だって書状を届けてくれたが」

天海の眼差しが小鳥丸にのみ注がれると、小鳥丸は嫌そうに目をそらした。人であれば無礼極まりない態度であるが、付喪神に対しては天海も咎めようとはしない。

「ところで、お呼び立てしたのは、少しばかり気になることがありましてな。生憎、賀茂殿より頼まれた狐探しの一件とは関わりないかもしれぬが……」

天海は竜晴に目を戻して、語り出した。

「その件につきましては、私からも新たにお知らせしたいことがございます。しかし、まずは大僧正さまのご懸念についてお聞かせください」

竜晴の言葉に対し、おもむろにうなずいた天海は改めて口を開いた。

「実は、こたびの件は大奥で出来（しゅったい）いたしました」

「大奥、でございますか」

この後、天海に話そうとしていた花枝の一件との重なりが、もちろん気にならないわけではない。が、竜晴はここではそのことには触れず、天海に先を促した。

「うむ。これは春日局殿より内密に打ち明けられた話で、他言無用に願う。大奥のとある女人の部屋の床下から、呪詛の道具が見つかったということだ」

呪詛の道具とは人形（ひとがた）で、その胸の辺りには小刀が刺さっていたそうだ。それ自体は竜晴が耳をそばだてるほどの話ではないが、その部屋がお楽の方のものと聞かされれば、様子は違ってくる。

「賀茂殿には、何やら合点していることがおありのようだが……」

竜晴の様子に、天海が探るような目を向けて言った。

「実は、例の狐探しの件で気になることがあり、大僧正さまのお耳に入れるつもりでした。その話が今お聞きした一件と、一部で関わっているようです」

竜晴はそう前置きし、お楽の方の友人である花枝が、先日大奥へ招かれて久しぶりの再会を果たしたことから語り出した。その花枝が帰ってきてから、根拠もないのにお楽が呪詛されていると言い出したこと、様子がどうも妙であり、天狐の探していた狐が憑いているかもしれないことまで、すべて打ち明ける。

「呪詛の事実は確かめようもありませんでしたが、今のお話で分かりました。お楽の方が呪詛されていると気づけたのは、花枝殿自身の力ではなく、狐の力が働いていたからでしょう。そのため、私から問い詰められると、これこれと答えることができなかったのでございます」

「なるほど。それならば、その娘の狐については賀茂殿が祓ってくださるのであろうな。狐憑きの娘が大奥に出入りしたというのも、由々しきことだが……」

天海の表情は苦々しいものへと変わっている。

「もちろん、花枝殿に憑いた狐は私が対処いたしましょう。ただし、その狐は悪さはしておりません。むしろ、お楽の方にかけられた呪詛を見抜き、助けようとしただけでございます」

「ふむ、ならば狐の件は不問にしてもよいが、それだけでは呪詛の件が片付いたことになりませぬぞ」

「大奥のことですから、女人たちの妬み嫉みが絡んでいるのではありませぬか」

「まあ、さようであろうな。春日局殿もそれを承知の上で、どうしたものかと悩んでおられた」

「呪詛した本人は見つけ出さねばならないでしょう。呪詛返しもできぬことではないでしょうが」

竜晴の言葉に、天海が重い溜息を漏らす。

「春日局殿より打ち明けられた際、拙僧もそのことは考えた。されど、呪詛返しは強い呪法であり、場合によっては呪詛した当人を死に至らしめることもある。咎人(とがにん)が分かったとしても、大奥の女人を死なせたとあれば、拙僧も寝覚めが悪い」

「たとえ公方さまの女人であろうと、呪詛を行ったのであれば、その報いは受けねばならぬと思いますが」

竜晴は淡々と容赦のない言葉を吐いた。

「まあ、賀茂殿の言葉はまったく正しいのだが……」

苦虫を噛み潰したような表情を浮かべる天海に、竜晴は首をかしげた。

「相手が女人ゆえ、大僧正さまは懲らしめるのに躊躇(ちゅうちょ)なさるのでございますか」

「いや、そうは言わぬが」

「では、公方さまに仕える女人なれば躊躇を覚える、と?」

「そう突き詰めて問われると、答えるのが難しゅうなる。ただ、女子供といった、力や立場の弱い相手に対しては、慈悲の情もいっそう湧こうというもの」

「なるほど。慈悲の情ですか」

竜晴は少し間を置いた後、

「大僧正さまは御仏の弟子であるゆえに、慈悲の情を重んじられるのですね」

と、納得した様子で言った。

「無論、仏弟子であることは拙僧のよって立つところ。されど、人であれば誰しも、他者を思いやる惻隠の心を持つものであろう」

「確かに『惻隠の心無きは人に非ざるなり』と孟子も言っております」

すらすらと述べる竜晴の顔を、天海はその時、じっと見つめた。それまでの眼差しと違うものを感じ、「何か」と竜晴が問うと、「いや」と天海はごまかした。

「それより、呪詛返しとは別のやり方で、呪詛を行った者を見つけ出さねばなるまい」

天海は表情を改めて言う。

「花枝殿に憑いた狐を利用するのはいかがでしょう」

竜晴の案に、天海は渋い顔をした。

「天狐ならばともかく、野狐は悪さを働くかもしれぬ」

「今回はそうはならないでしょう。なぜかは分かりませんが、この狐は少なくともお楽の方を傷つけることはしません。放っておけば、お楽の方を呪詛した相手に祟るかもしれませんので、その前にこちらで祓うことをお約束します」

「つまり、呪詛した者を見つけ出すのに狐を使い、それが終われば即座に祓うというわけか。さようにうまく段取りがつけられればよいが。大奥には拙僧も賀茂殿も立ち入ることはできぬのですぞ」

「そこは、大奥で力を貸してくださる方がいれば、問題にはなりますまい。それについては……」

「拙僧から春日局殿に意を通しておけ、というわけですな」

竜晴に皆まで言わせず、天海が先を引き取って言う。

「それでは、よろしくお願いいたします」

竜晴は恐縮するそぶりも見せずに言い、

「手はずについては、先日のように小烏丸に書状を運ばせて伝えるようにいたしましょう」

と、小烏丸の承諾も得ずに続けた。小烏丸は顔をしかめたものの、抗う言葉を口にすることはなかった。

二

竜晴と付喪神たちが小烏神社へ帰った時、庭続きの縁側に花枝がぽつんと腰掛けていた。

「あ、宮司さま」

竜晴の姿を見つけるなり、花枝はぱっと立ち上がった。竜晴の後ろの付喪神たちの姿は見えていない。

花枝に見えておらぬのをいいことに、抜丸は何とも剣呑な目つきで、花枝の様子をうかがっている。狐が憑いているかどうかはともかく、先だっての竜晴に対する傲慢な態度が許せないのだ。小烏丸が抜丸の肩に手を回し、まあまあというように宥めながら、庭の端の方へと連れていった。

「お出かけでいらっしゃったのですね」

竜晴を見つめる花枝の眼差しは明るくまっすぐで、これまでとどこも違わぬように見える。

「寛永寺へ呼び出されていたのです。外でお待たせしてしまい、申し訳ない」

竜晴は丁寧に詫び、暑いだろうから中へ入って涼んでいくようにと勧めた。

「それでは、ご相談したいこともありますので、お邪魔いたします」

竜晴と花枝は玄関から入って居間へ回り、竜晴は庭に面した戸を開けた。

「お楽さまに再びお会いしに行く日が決まったので、それをお伝えしようと思いまして」

と、花枝はまず、それが七月三日の昼八つだと伝えた。

「その時、大奥へ入るかどうかお返事をするのですか」

竜晴が尋ねると、花枝は悩ましい表情を浮かべる。

「いいえ、三日までに心を決めるのは難しゅうございます。お楽さまにはもう少し時がほしいと申し上げるつもりでおります」

「大輔殿も泰山も、花枝殿のことを案じていましたが、花枝殿がご自分で決めればよいでしょう。よろしいですか、花枝殿が、ですよ」

竜晴が念を押すと、花枝はきょとんとした表情を浮かべた。

「え、ええ。自分でよく考えて決めようと思っております」

「それならばよいのです」

竜晴はうなずき、それ以上のことは言わなかった。

「ところで、ご相談とはこのことでございます」

花枝は表情を改めると、懐からお駒の書状を差し出した。それが自分のもとへ届けられた経緯をくわしく語り、中身を検めてほしいと言う。

「拝見します」

竜晴は断り、書状を開いた。おおよその趣意は今しがた花枝から聞いたので、その確認に留まる。問題はしたためられた文字に潜む怨念であった。

「これは……」

竜晴の呟きを耳にした花枝は、いかがでしょうと尋ねた。

「私はこれが禍々しいものに思えて仕方がないのでございます。その、先日のように裏付けをと言われますと、うまく申し上げることができないのでございますが」

花枝はうつむき加減になって呟く。

「いいえ、今日は裏付けなどと言いませんよ」

竜晴は静かに告げた。「えっ」と花枝が意外そうに顔を上げて呟く。

「裏付けなど無用だからです。これは、明らかに人の妬み嫉みが形となった文字に違いありません」

竜晴のきっぱりとした物言いに、花枝は力を得た様子でうなずき返した。

「この書状を花枝殿によこしたのは、伊勢家のお駒という女人なのですね」

「はい。使者の人はそうおっしゃっていました」

「伊勢貞衡殿の養女でしょうか」

「いえ、伊勢家とまでは聞きましたが、ご養父さまのお名前までは……。あの、今のお方は、先日、この神社へ来ておられた旗本のお殿さまでいらっしゃいますか」

「その通りです。伊勢殿は、ご養女格であるお駒という女人の後見をしているとおっしゃっていました。ですので、まず間違いないでしょう」

「では、お駒さまがお楽さまを妬んで、呪詛しているということでしょうか」

「おそらくは――。花枝殿のおっしゃっていた呪詛の件についても、つい先ほど事実だとはっきりしました。くわしいことは他言無用と言われているので、これ以上は話せませんが」

「いえ、いいんです。宮司さまが信じてくださるだけで」

花枝は声を震わせて言う。

「私こそ申し訳ない。先日は容赦のない物言いをしてしまいました」

竜晴が頭を下げると、花枝は慌てて言い継いだ。

「いえ、宮司さまのお言葉はまったく正しいのです。私にもそれは分かっていました。ですが、宮司さまに信じていただけないことが、ただつらくて」

うつむきがちに言う花枝の姿は、いつになく弱々しくいたわしく見えた。女子供といった弱い相手に対しては、より慈悲の情が湧くという天海の言葉がよみがえる。

「なるほど、惻隠の心か」

竜晴の小さな独り言を聞きとがめ、花枝は顔を上げた。

「何のお話でございますか」

「孟子の言葉です。たとえば、井戸に落ちかけた子供を見れば、誰しも助けようとするはずで、そうした人を哀れむ思いやりこそが惻隠の心だと説かれています」

「そうなんですか。私、何にも知らなくて」

己の無知を恥じるように、花枝はうつむいたものの、ややあって顔を上げると、

「それが何か？」

と、改めて怪訝な目を向けた。

「いえ、大奥のお話とは関わりありません」

竜晴が言うと、それ以上のことを花枝は尋ねてこなかった。

「ところで、私はどうしたらよいのでしょうか。お駒さまのお申し出を承諾いたしましたので、三日に大奥へ上がった時には、お駒さまのもとへも伺わなければならないのですが」

「それについては、私がお役に立てることでしょう。少しお待ちください」

竜晴はそう言って立ち上がると、いったん部屋を出ていった。戻ってきた時には、掌に収まるほどのお札を持っていた。

「それは、何でございますか」

花枝が目を瞠って問う。

「これは呪符（じゅふ）ですが、力をこめますので、少しお待ちください」

竜晴は呪符を床に置くと、印を結び、呪を唱えた。

日、光もて月を呑み、月、影もて日を隠す

オン、マカラギャ、バザロウシュニシャ、バザラサトバ、ジャク、ウン、バン、コク

やがて、印を解いた竜晴は、改めて呪符を手に取り、花枝に差し出した。

「これを大奥へ持っていき、お駒殿に渡してください」

「渡すだけでよいのですか」

花枝は受け取った呪符を、恐るおそる見つめながら問う。

「はい。これは、妬みにとらわれ悪に染まった心を和らげるための呪符です。お駒殿に渡したら、その後を見届けなくてけっこうですので、すぐにその場を離れてください」

「誰かを呼んだり、知らせたりしなくてよいのですね」

「かまいません。その後の手はずは他の人が調えてくれます」

自信をもって告げる竜晴の言葉に、花枝はしっかりうなずき、呪符を懐に収めた。

「宮司さまを信じて、仰せの通りにいたします」

するべきことも決まった今、花枝の表情は先ほどとは打って変わったように、すっきりとしたものになっている。

「ところで、花枝殿はお駒殿のことをどう思っていますか」

と、竜晴は尋ねてみた。

「どうと申されましても、まだお会いしたこともない方ですから」

花枝は少し困惑気味に言葉を返す。

「憎いとは思わないのですか。お楽の方は、花枝殿にとって大事なお方でしょうに」

「おっしゃる通り、お楽さまは大切な方です。だから、どんなわけがあったにせよ、お駒さまのしたことを私は許せません。でも、お駒さまを憎むというのは少し違うと思うのです」

「どうしてですか」

「それは……お駒さまがお気の毒な人……だからでしょうか」

花枝は言葉を探すふうにしながら、ゆっくり答えた。

「お駒殿がお気の毒？　それこそ会ったこともない人のことを、どうしてそう思うのですか」

「人を呪詛してしまうほどの怨念を抱えたというだけで、お気の毒な人……とは言えないでしょうか」

花枝の目の奥に宿る光は優しい色をしていた。

「なるほど、それこそまさに惻隠の心というわけですね」

言葉と事例の一致を前に、竜晴は顔をほころばせる。

「あ、惻隠の心とはそういうふうにつながるのでございましたか」

花枝も勝手な納得の仕方をしたようであった。

「花枝殿のそのお心を常にしっかりと持っていてください」

竜晴が真面目な顔つきになって言うと、

「どういうことでございますか」

花枝はやや不安げに首をかしげる。

「大奥に怨念が渦巻いていることは、今のことから明らかです。物の怪、霊の類が引き寄せられぬとも限らない。そうしたものに捕らわれぬよう、気をしっかりと持ってくださいということです」

「分かりました。ご心配、ありがとうございます」

花枝は明るい表情に戻って言った。その表情も、はきはきと物を言う様子も、いつもの花枝と変わらぬものであった。

三

七月三日、そろそろ花枝がお楽のもとを訪ねてきた頃だろうかと、お駒は部屋に一人でこもりながら思っていた。

お楽とは齢（とし）も同じで、大奥に入ったのもふた月違うだけ。二人とも名家の出身でもなければ、これという才芸を身につけているわけでもない。人に誇れるものがあるとすれば、生まれ持った容貌のみという点も似ていた。

だから、お駒ははじめお楽と仲良くしていた。花枝への書状に、お楽と親しいと書いたのは決して嘘ではない。ただ、その親しさはお楽が将軍の寵愛を受け、お駒がその恩恵を受けられなかったことで、すっかり消えてしまった。

もちろん、自然に消えてなくなったわけではない。お楽が急に居丈高に振る舞って、お駒を寄せ付けなくなったわけでもない。

お駒がお楽のそばから離れたのだ。

お楽を目にする度に、「なぜ」「どうして」と自分に問わねばならぬことに疲れ果ててしまったからだ。

なぜ、お楽が将軍の目に留まって、自分が留まらなかったのか。

なぜ、お楽はずっと寵愛され続けているのか。

お楽の何がよくて、自分の何が悪いのだろう。そもそも、自分はどうしてここにいるのか。

「お楽殿と私はよく似ているわね」

大奥へ入ったばかりの頃、お楽によくそう言ったし、お楽もそう思っていたはずだ。いや、お楽の口からその手の言葉を聞いたことはなかったか。言っていたのは、自分だけ――?

ああ、そんなことはどうでもいい。

とにかく、家柄も才芸も抜きん出ていなかったのは確かなのだ。そのことで、他の娘たちから蔑まれていたことも。

大奥の外ではもてはやされた美貌も、この中ではあまり目立たぬものとなっていた。

ただ、それでも、お楽と自分の美貌は、大勢の女中たちの中で目を引くものだったろうとは思う。二人とも、春日局に見つけ出されたのだから、当たり前といえば当たり前だ。そして、将軍の乳母である春日局は、将軍の好みも分かっているはずであり、お楽も自分も将軍の目に留まる見込みは同じようにあった。

それなのに、どうして――。

またぞろ、同じ心の闇にとらわれかけて、お駒はそれを追い払おうとするかのように頭を振った。今さら「なぜ」「どうして」と問うても始まらないのである。

お駒は、お楽のつかんだ運のすべてが憎かった。妬ましくてならなかった。

もし、自分とは似ても似つかぬ女が将軍の寵愛を受けたとしたら、それがたとえ自分より卑しい者でも、自分より醜い者でも、今ほど苦しくはなかっただろう。もちろん、自分より身分が高く、美しい女が寵愛を受けたとしても、ただうらやましいと思っただけで終わったはずだ。

似た境遇の者が一人だけ運を手に入れる――そして、自分は運をつかみ損ねて置いてきぼりにされる。

それが、どれほどつらく苦しいことか、初めて知った。妬みと憎悪で黒く染まった心は、目を背けたくなるほど醜く、これが自分かと疑いたくなるほどの卑しいことを考え始める。

実は、お駒が苦しくてたまらない真の理由は、他にもあった。お楽にも春日局にも告げていない、お駒自身の出自とそこから生まれた野望に関わることだ。

私たちはよく似ている――と言う心の裏側で、お駒はいつもお楽を見下していたのである。

私はあなたとは違う、あなたのようなただの町娘とは違う、と――。

お駒は西国のとある村の農家の出で、江戸へ出てきたところ、たまたま春日局の目に留まったことになっている。西国の出であるのも、江戸へ出て春日局に見出されたのも本当だが、農家の出ではない。

亡くなった父は西国大名に仕える侍だった。そして、その大名は関ヶ原の合戦で大坂方について取り潰された。父は浪人の身となり、その後、お駒が生まれたのである。

だから、お駒自身に侍の娘として裕福な暮らしを送った記憶はない。浪人一家の暮らしは農家や商家のそれよりも貧しかった。父は田畑を耕すことも商いをすることもよしとせず、仕官の道を志し、家を出ていってはしばらく帰らないこともままあった。貧しい暮らしの中で母は亡くなり、いよいよお駒も食べていけなくなってしまう。

そこに至って、父はお駒を女衒に売ったのだ。刀を手放すより先に自分を売った父親のことを、お駒は一生許すまいと思った。

お駒は女衒によって江戸へ連れていかれることになった。

それからの日々は、とにかく江戸へ到着する前に、逃げ出すことしか考えていなかった。東海道を下る途中、どこかは分からないが、とにかく女衒の隙を見て逃げ出したお駒は深い山の中へ入った。当時十歳のお駒は自分で食べ物を手に入れることもできず、山中を安全に進む術も知らない。半ばは死を覚悟して気を失っていたところ、助けてくれたのが修験者の男だった。

男は女衒からお駒を隠し、ほとぼりが冷めてから、お駒を江戸の知り合いのもとへ連れていった。そこが旗本の伊勢貞衡の屋敷であった。

お駒は修験者の恩人にも伊勢貞衡にも、本当の出自は打ち明けていない。上方の農村の出身で、女衒に売られたところを救われたと話しており、貞衡もそれを信じているはずであった。

正直に話さなかったのは、ろくに礼儀作法も身につけていない自分の言葉など、信じてもらえないと考えたからだ。また、武家に生まれながら、農家や商家より貧しい暮らしを送ってきた自分を恥じていたからでもあった。

お駒は、武士であることにこだわり続けた父親を激しく恨んでいたが、その父親から武家ゆえの尊大さだけは受け継いでいたのである。

やがて、春日局の目に留まり、大奥へ召し出されることになった時、これで本来の自分にふさわしい暮らしを手に入れられると思った。

将軍の目に留まり、その側室となる——その時こそ、自分の本当の出自を打ち明けられる。もしもまだ父親が死んでいなかったら、改めて呼び出し、出世した自分の姿を見せつけた上で、こちらから縁を切ってやろう。それが何よりの報復となる。私は必ず――。

あんなにも強く願っていたのに、どうしてうまくいかなかったのだろう。お楽などが――。覚悟も野心も持っていないような町娘のお楽などが、なぜお駒の望んでいたものを手に入れるのか。

間違っている。そう、どこかで間違ってしまったのだ。

今、お楽が手にしているものは、本当はすべて自分が手に入れているはずのものだった。それを正さなければいけない。

「……お駒さま、お駒さま」

しっかりなさってください――膝を揺さぶられて、お駒はようやく我に返った。一人で部屋にこもっていたはずなのに、そばに仕える女中が目の前にいた。

「例の者をすぐそこまでお連れいたしましたよ」

女中は声を潜めて言う。

「……あ、ああ。そうだったわ」

例の者とは、お楽が外から招いた客人だ。確か、旅籠屋の娘で、名は花枝といった。

この娘をお楽が大奥に招きたがっていることは知っていた。だからこそ、この娘を味方につけて、お楽を裏切らせる。お楽は何も知らずに自分付きの女中に招き入れるだろう。

その後は、お駒の手足となって働いてもらうのだ。

ひそかに連れてくるようにと言うと、女中はいったん下がり、娘を連れて戻ってきた。

「大和屋の花枝と申します」

娘は平伏して挨拶した。お駒は名乗らず、顔を上げるようにと告げた。

花枝が顔を上げる。平凡な顔立ちと聞いていたが、本当にそうだった。お楽とは似ても似つかない。どうして、お楽とこの娘が仲良しだったのか、理解に苦しんだ。

「そなたには力を貸してほしいと思っている」

もちろんお楽を陥れるために、であるが、それを今言うわけにはいかない。お楽を救うために手を結びたいと、この娘を騙しているのだから。

取りあえずはこの娘を手なずけるべく、気を引くような贈り物をしてやろう。それが重なれば、そのうち逆らうことができなくなるはずだ。

何か望みのものはあるか、とお駒が問いかけようとした時、

「どうか、これをお納めくださいませ」

と、花枝の方から何かを差し出してきた。手にしているのは一枚の紙のように見えたが、女中が受け取って、お駒に手渡してくれる。

「これは……」

何かと問おうとした瞬間、ふっと意識が遠のいた。頭の中がぼうっとして、すべてのことがどうでもよくなってくる。

といっても、見聞きする力は残っていて、花枝が「それでは失礼いたします」と挨拶したのは分かった。「そう」と自分が答えたのも分かる。女中が「お駒さま」と不審げな声を上げた。このまま帰してしまっていいのかと問うているのは分かるのだが、どうにかしようという気持ちが湧かない。

どうでもいいと思ったし、女中の目も煩わしかった。お駒は花枝を送っていくようにと女中に命じ、部屋から追い払った。

一人になってから、お駒はお札を握り締めた。

「日、光もて月を呑み、月、影もて日を隠す。オン、マカラギャ、バザロウシュニシャ……」

誰かの声が闇の中から聞こえてくる。清浄な、揺るぎのない、深みのある男の声が――。

お駒はその声に身を委ねた。なぜかは分からないが、そうしなければならぬという気がしきりにした。そして、一度身を任せると、全身がかつてない高揚に包まれ、知らず知らず何かを口走っていた。何を言っているのかは自分でもよく分からなかった……。

お駒が我に返ったのは、それからどのくらいの時が経ってからのことだったのか。

目の前には、一人の女が立っていた。

「か、春日局さま」

慌ててお駒は両手をつき、頭を下げる。

「お駒、そなたに謹慎を申しつける」

冷えた声が頭上からお駒に降り注がれた。

「え……」

お駒は顔を上げ、春日局を茫然と見上げる。春日局はこれまで見たこともないほど、硬く厳しい表情をしていた。

「伊勢家へ戻り、追って沙汰があるまで、外出はならぬ」

「どういうことでございますか。私はまた大奥へ呼び戻していただけるのでしょうか」

お駒は春日局の足もとに縋り付かんばかりになって必死に問うた。

だが、それに対する春日局の返事はなかった。

「なぜでございます。私が何をしたというのでしょう」

「それは、己がいちばんよく分かっていよう」

何を言っているのだろう。お楽を呪詛したことがばれたというのだろうか。そんなはずはない。仮に呪詛の道具が見つかったところで、お駒のしわざだという証などどこにもない。お楽を妬んでいる者など、この大奥にはいくらもおり、誰のしわざなどと分かるはずが……。

しかし、春日局の眼差しは、お駒のしたことはすべて見抜いているとでも言うふうに鋭く尖っていた。

「そなた、自分ですべてを打ち明けておきながら、今さら、どんな温情に縋ろうというのか」

自分で打ち明けたとはどういうことか。どうして、自分の罪を自分で打ち明けるような真似を――。

そう思った時、お駒は自分が何かを握り締めていることに気づいた。はっと、手にしていたものを放り出す。それはあの花枝という娘が持ってきた呪符であった。

その瞬間、自分が何をしたのかを――いや、何をさせられていたのかを、お駒は明確に察した。お楽を呪詛したことや、花枝を味方に付けようとしたことのすべてを、正直に語らされていたのだ。

「わ、私は……」

打ち消せるものなら打ち消したい。だが、春日局がそれをもはや信じてくれぬことは、言い訳をする前から分かってしまった。

「焼き餅は狐色と申すであろうに」

春日局はお駒に背を向けた。

「妬み深い女を、上さまのおそばに近付けるわけにはいかぬ」

去っていく足音を聞きながら、お駒は床に手をつき、倒れ込みそうになるのを必死にこらえた。

すべてを失ってしまった。

どうして、私が――。

「うわあ――」

お駒は先ほど放り出した呪符をつかみ取るや、びりびりに破り裂き、声を放って泣いた。

六章　化けの皮

一

七月三日、再び対面した花枝に、お楽は大奥へ入る件について考えてもらえただろうかと尋ねた。花枝はまだ考えているところなので、もう少し待ってほしいとすまなそうに答えた。

迷うのは当たり前だし、考えるのに時がかかるのも分かる。しかし、その返事を聞いた時、お楽は花枝の本心の一端を垣間見た（かいまみ）ように思った。

もしお楽と一緒にいたいと強く願ってくれるのなら、多少の迷いや困難があっても、数日で決断してくれたのではないか。今なお迷うというのは、現在の暮らしにどうしても捨てがたいものがあるからだろう。

（たぶん、花枝ちゃんには好いたお人が……）

許婚がいないと聞いて、つい自分の望みを言ってしまった。もちろん許婚がいたら、自分の望みなど口にするつもりはなかったが、許婚でなくともそういう人がいるなら同じことだ。

そして、自分は花枝の口ぶりから、そのことを察していたというのに、それに気づかぬふりをして、自分の望みを押し付けようとした。それは、大切な友の気持ちより、自分の気持ちに重きを置いたということだ。友の仕合せより、己の仕合せを先に考えたということだ。

（大事な友に対して、することじゃないわ）

お楽は目を閉じてそう思った。

自分にとって、少女の頃も、そして大奥に来てからも、友と呼べるのは花枝だけ。そう思うのなら、今、花枝に対して言わなければならないのは、大奥へ来て自分と一緒に暮らしてほしい、という自分本位の願いごとではない。

心を決めたお楽は「六日にもう一度、大奥へ来てほしい」と使者を通して伝え、花枝から承諾の返事をもらっていた。

そして、七月六日当日。今日はどうしても告げなければならないことがある。

花枝の到着を待ちながら、お楽はまだお蘭と呼ばれていた頃に思いを馳せた。

通っていた手習いの塾で、同年代の少女たちからいじめられていたお蘭に声をかけてくれた時から、お蘭と花枝は仲良くするようになっていた。

思うことを口にできないお蘭と違って、花枝は誰に対してもはっきりと物を言えるしっかり者だった。そうした態度は頼もしく見え、周りに人を集めやすい。花枝は師匠からも信頼され、同年代の少女たちからも好かれていた。もっとも、一部の――お蘭をいじめていた少女たちからは、生意気で気に食わないと思われていたのだが、いじめっ子たちでさえ、花枝に対してできるのは陰口を叩くくらいのことであった。

花枝は周りに人が集まるようになってからも、お蘭と仲良くし続けてくれ、お蘭はかつてのようないじめを受けることもなくなっていた。あれからも、事あるごとに花枝はお蘭に手を差し伸べ、「あの人たちの言うことを聞いてはだめ」と励まし続けてくれたのである。

ところが、そんな日々が続いたある時、花枝やお蘭を目の敵にしている少女たちから、塾の帰りがけに声をかけられたことがあった。

「何で、お蘭と仲良くしているわけ？」

　というようなことを少女たちは、花枝に尋ねていた。花枝とお蘭を引き離し、また一人になったお蘭をいたぶろうと考えていたのだろう。

「誰かと仲良くするのに、私はわけなんて考えたことないわ」

　と、花枝は言った。

「仲良くしないことにわけはあるけれど、仲良くするのにわけなんていらないでしょ」

　花枝は相手の少女たちを一人ひとり、じっと見据えながら、はっきりと告げる。

「あなたたちとは仲良くしない。人をいじめるような性根の人は嫌いだから。これでいい？」

　それだけ言うと、花枝は「行きましょう」とお蘭の手を引いた。

「何よ」

　行きかけた二人の背中に、ある少女の尖った声が刺さってきた。

「花枝はお蘭に利用されているだけなんだから」

　花枝は足を止めて振り返った。

「どういうことよ」

声をかけてきた少女に鋭く問い返す。

「あんたは、お蘭の引き立て役に使われているだけなのよ」

「引き立て役？」

「そうよ。きれいな顔を引き立てるには、みっともない子と一緒にいるのがいちばんなの。だから、お蘭は花枝と一緒にいるのよ」

花枝の容姿はきれいとは言えないまでも、みっともないと言うほどではない。だから、その言葉には無理があったし、実際に花枝を引き立て役などと考えたことは一度もなかったので、お蘭は少女の言い分にあきれ返った。

ただ、「花枝がお蘭に利用されている」という言葉の方は棘となって、お蘭の心に突き刺さった。「花枝を利用している」のは事実かもしれないと、お蘭自身が思っているからであった。

花枝と一緒にいれば、いじめられずに済む。だから、花枝と仲良くするし、花枝の手を離すわけにはいかない。そういう姑息（こそく）な気持ちを言い当てられたと恐れたのである。

いじめっ子の少女たちは、いじめられっ子の気持ちをそこまで察していなかったらしく、推測のめぐらし方も彼女たちらしいものであった。が、賢い花枝はもしかしたらお蘭の本心に気づいてしまうかもしれない。そして、お蘭から離れていってしまうかもしれない。

そう思うと、お蘭は膝から下が震えてくるほど、恐ろしくてたまらなかった。その時、

「だったら何？」

と、花枝がやけに冷めた声で、少女に言い返した。

「それは、あなたの考えでしょ。私は人と仲良くするのにわけなんていらないと考えているし、お蘭ちゃんもそうじゃないかと思っている。けど、そうでなくたってかまわない。相手がこう考えているから、仲良くするとかしないとか、そういうことじゃないから」

花枝はそれだけ言うと、再びくるりと少女たちに背を向け、歩き出した。お蘭も花枝に手を引かれて歩き出す。

「花枝なんて名前、あんたにちっとも似合ってないわ」

毒を含んだ言葉が追いかけてきた。

「蘭を引き立てるのに、花は要らないのよ」

「そうそう。花のない枯枝とか、古枝とかって名前を変えたら？」

「古枝がいいわよ。古着屋の娘と仲良しなんだから、ぴったりでしょ」

甲高い笑い声がそれに続く。

花枝が自分のせいで、ひどい言い方をされるのも嗤われるのも耐えがたかった。

自分が嗤われるより、もっと嫌な気がした。

だが、花枝は振り返らず、足を止めず、お蘭の手を離さず、歩き続けた。毅然としたその横顔に、迷いや弱気の色はまったく見出せなかった。

そして、その後もずっと、花枝がお蘭の手を離すことはなかった——。


やがて、部屋で待つお楽のもとへ、花枝が案内されてやって来た。

「何度も足を運んでもらって申し訳なく思っています」

お楽は花枝に告げた。

「いえ、私はお楽さまにお会いできるのが、ただ嬉しいのですから」

花枝は明るい笑顔を浮かべて言う。

「こちらの都合で呼び出すばかりでなく、揉めごとにまで巻き込んでしまい……」

お楽を疎んでいたお駒の一件についても、お楽は花枝に謝った。花枝がどう関わっていたのかも、春日局から聞かされている。

「いいえ、お楽さまの身に何ごともなくよかったです。お心を痛められたことでしょうが、あまりお力落としになりませんよう」

花枝は目を伏せて優しく慰めてくれた。

「私はいつでも人に嫌われてばかりね。そして、いつも花枝ちゃんに守ってもらってばかり」

「何をおっしゃいますか。そんなことはございません」

花枝は顔を上げて懸命に言う。

「いいえ。私が人に嫌われるのは事実だわ」

お楽が柔らかく言葉を返すと、

「それは、お楽さまがお美しいからでございます。うらやましい気持ちが高じて、妬ましく思う人も中にはおりますから」

と、花枝は哀れ深い声で言った。

「容貌に恵まれた人であっても、嫌われない人は大勢いるわ。いえ、その見た目ゆえに、皆から好かれる人だっている。そうならないのは、私の至らなさのせいなのでしょう」

花枝はもう言葉を返さず、お楽をじっと見つめてきた。子供の頃から、二人で一緒にいても話をするのは花枝ということが多かった。もともと口数の多くないお楽は、自分の考えを押し通したこともない。だから、花枝の言い分に逆らって、自分の言葉をさらに重ねるなど初めてのことだった。花枝も、お楽の様子が変だと思ったようであった。

だが、今日ばかりは、ここで口をつぐむわけにはいかない。自分の言いたいことをすべて、言葉を尽くして、花枝に伝えなければ――。

「そんな至らない私のことを案じて、いつも守ってくれたのが花枝ちゃんだったわ。今も私の身を案じて、そばにいてあげなくては――と思い、大奥入りを悩んでくれているのですよね」

「悩んでいるのはその通りですが、お楽さまのお言葉のように考えているわけではありません」

花枝ははっきりと言い返してくる。将軍の寵愛を受ける身となった相手に対し、口の利き方だけは丁寧になっても、決して媚びたり唯々諾々と従ったりはしない。そういうところが花枝らしいと、お楽は嬉しくも思い、友を誇らしいとも思った。

こういう友だからこそ、ずっとそばにいてほしいと思う気持ちは真実のものだ。花枝のような友はおそらくもう二度と得ることができないだろう。

それでも——だからこそ、花枝を大奥に閉じ込めて、自分だけが愛でる花にしてはならなかった。

「でも、もう悩まないでくださいね」

お楽の言葉に、花枝は「え……」と虚を衝かれた表情を浮かべた。

「花枝ちゃんに大奥へ来てほしいという願いは取り下げます。花枝ちゃんを大奥へ招くこともうありません」

「それは……」

「どうか仕合せになってください。私はここで、花枝ちゃんの仕合せをずっと願っております」

「どうして、そんな言い方をなさるのですか。お楽さまのおそばにいられることだって、私の仕合せですのに」

「でも、別の仕合せだってあるわ。そして、その方が花枝ちゃんにとって大事なことだと、私は思うの」

お楽は込み上げてくるものをぐっとこらえた。花枝の姿が少し滲んで見える。だが、ここで泣いてはいけない。涙など見せれば、優しい花枝はやはり一緒にいてあげなくてはいけないと思ってしまうから。

泣くのをこらえるため、お楽は口を動かし続けた。

「昔ね、皆から悪口を言われた時、花枝ちゃんが私から離れていくのではないかと、私は怖かったのです。本当に……本当に怖かった。でも、どんなにひどいことを言われても、花枝ちゃんは私から離れないでいてくれたわ。私のためを思ってしてくれたことだと、私にも分かります。私も花枝ちゃんのようになりたいし、振る舞いたい。だって、相手のためを思って、どう振る舞うかを決めるのが、友というものでしょう?」

「お楽さま……」

花枝の方が泣き出しそうな顔をしている。でも、今はだめ。私の前で涙など見せないで。花枝ちゃんの涙などを見たら、私まで泣いてしまうから。

　お楽は再び口を開いた。

「私のところへ来てほしいと願うのは、私一人の仕合せのため。花枝ちゃんの仕合せではありませんでした。花枝ちゃんの仕合せを思うのなら、私のところへ来てなどと言ってはいけなかったの。私にもようやくそのことが分かりました。でもね、私は自分の気持ちを犠牲にしているわけではないのです」

　これだけは覚えておいて──と言って、お楽は立ち上がると、花枝のそばまで歩み寄った。膝が触れ合うほどの場所に座り、花枝の手を取って両手でしっかり包み込む。

「花枝ちゃんの仕合せこそが、私にとって何にも勝るいちばんの願いごとなのよ」

　お楽は手に力をこめて告げた。

二

相手のためを思って、どう振る舞うかを決める──そうお楽は言った。

どこかで、同じようなことを誰かが言っていなかったか。いや、物語で読んだのか。いやいや、自分がかつてそう考えたことがあったような気もする。

考えがまとまらず、頭の中がぼうっとしている。まるで白い霞がかかったように、目の前の景色もかすんでいるようだ。

それにしても、お楽はどうしてあんなふうに言って、自分を遠ざけるのだろう。自分にとって、お楽と一緒に過ごすこと以上の仕合せなどあり得ないのに——。

(姫さま……)

胸にふと浮かんだ言葉に、花枝は何かがおかしいと感じた。

お楽はたいそう貴い立場の人になりはしたが、「姫さま」と呼ばれる人ではない。まして、自分がお楽をそう呼んだことなど一度もない。

(姫さまじゃなくて、お楽さま)

花枝は頭の中で、言い直した。そう、お楽さまだ。ずっと昔はお蘭ちゃんと呼んでいた。

お蘭は素直でおとなしくて、少し気弱なところがある娘だ。そして、何より近隣でも評判になるような美少女だった。

だが、その見た目ゆえに、取り巻く他人の態度が強烈なものになる。おだてでちやほやする者も、目障りだといじめる者も、お蘭にとっては脅威だったのだろう。そうでない人を求めていた。

そして、なかなかそういう人にめぐり会えなかったせいで、お蘭はずいぶんと自分の中身を、低く見積もるようになっていた。自分にすっかり自信を失くしていた。お蘭の素直さと優しさは、見た目と同じように尊ばれてよいものであるのに――。

（そう、姫さまは誰よりもお優しい方）

またも、おかしな声がどこからか聞こえてくる。いや、どこからか、というよりも、自分の頭の中から――。

（私のような卑しい者にも、たいそうご親切にしてくださった）

「私のような卑しい者」とは、誰のことだろう。花枝は自分に対して、そんな卑下した物言いはしない。

今のお楽は昔とは違う。将軍の寵愛を受けた今、お楽を守ってくれる人も大奥にはいるだろう。お駒のようにお楽を敵視する人がいるのは仕方のないことでもあるが、昔のように独りぼっちではない。だが、それでも、花枝に大奥へ来てほしいと望んだのは、やはり大奥での暮らしに心細さを感じていたからだろう。それが分かっていたのなら、お楽にする返事は一つだったはずだ。

おそばへ参ります――と、どうしてすぐに返事をしなかったのか。いつまでもぐずぐずと迷っていたばかりに、お楽は花枝が大奥へ入るのを嫌がっていると勘違いしてしまったのだ。

大奥へ入るのが嫌なのではない。お楽のそばにいたいとも思う。

自分がどうしても思い切ることができなかったのは――。

(姫さま、どうしておそばから離れるなどと、私は言ってしまったのでしょう)

声は先ほどよりもずっと哀調を帯びていた。花枝はつい心の声に耳を澄ませる格好になった。

(本当は、姫さまのおそばを決して離れてはいけなかったのに……。姫さまと私はいつまでも一緒にいなくてはいけなかったのに……。それが私たちの仕合せだったのだから)

そう……かもしれない。お楽と自分は決して離れてはならないのだ。

(でも、私は宮中へ付き添うわけにはまいりませぬ。万一にも、私の正体のばれる

ことがあれば、それは姫さまのお立場に関わりますゆえ）

自分は大奥へは入れない。でも、お楽とは一緒にいたい。その方がお楽も仕合せなはずだ。

（だから、あの時、私は身を退いたのです。でも、道はそれだけではありませんでした。どうしてあの時、私は姫さまをさらって、山奥へと逃げてしまわなかったのでしょう）

なるほど、その手があった。自分が大奥へ行けないのなら、お楽が大奥を下がればいいのだ。一緒にいられる道は他にもあるというのに、どうして今まで思いつかなかったのか。

お楽が大奥から出るためには、どうすればいいのだろう。将軍の怒りに触れるなどの行いをすれば、追い出されるのだろうが、それではお楽が哀れである。それに下手をすれば、お楽の身に難が及ばないとも限らない。

罪を受けての追放ではなく、病を得ての宿下がりなら、どうだろうか。

大奥へ入った女人が実家へ帰るのは、ふつうは許されていないというが、病であれば許されるかもしれない。もちろん、大奥の中でも治療は受けられるだろうから、もう治療の見込みがないと見放されるか、あるいは原因不明の病と診断される必要がある。それは少し難しいが、ほんの少しの毒があれば、後は術を駆使して――。

術――？　術とは何だろう。自分に術など使えるはずが……な……い。

花枝が大奥へ出向いた翌日の七月七日、大輔は庭に出ている花枝を見つけ、

「姉ちゃん」

と、声をかけた。返事はない。後ろ姿ではあるが、花枝は何かを探しているふうに見える。

昨日、大奥から帰ってきた後の姉の様子は、明らかにおかしかった。話しかけてもろくな返事をしないし、自分の考えごとにすっかりとらわれてしまったようで、時折、ぶつぶつと独り言を呟いている。

姉の様子がおかしいと、父の朔右衛門に訴えたが、「しばらく放っておきなさい」と言われた。どうしてかと問うと、お楽の方から大奥へ来てほしいという願いを取り下げられたのだと、父は教えてくれた。花枝はそれで沈み込んでしまったのだろう、と――。

花枝はそんなにも大奥へ行きたがっていたのだろうか。大輔は混乱した。

花枝が悩んでいることは、大輔も知っていた。だが、朔右衛門は花枝の思い通りにすればいいと言っていたし、大輔も竜晴の忠告に従って、余計なことは言わぬようにしていた。

その後、何も聞いていなかったので、花枝はまだ決めかねているのだろうと思っていたが、いつの間にか、思いも寄らぬ形で決着していたらしい。

だが、お楽の方が来なくていいと言ったのなら、もうどうすることもできない。

花枝が大奥に行きたがっていたのなら気の毒だが、大輔としては姉がずっと家に残ってくれるのは嬉しかった。竜晴も同じように嬉しいと思ってくれたらないいが、竜晴の胸の内はまったく読めないから、まあそれはいい。

花枝も少し落ち込んでいたとしても、時が経てば癒されるだろう。いや、花枝を手っ取り早く慰めるためには、小烏神社へ連れていくのがいちばんに決まっている。

そう思いついた大輔は、姉を誘うため、庭へ下りていった。

「なあ、姉ちゃん。今日は暇があるんだろ」

大輔はもう一度花枝に声をかけた。

「小鳥神社へ行こうよ」

不思議なことに、花枝の返事はなかった。大輔の方を振り返ろうともしない。

「姉ちゃん、どうしたの」

さすがに不安になって、大輔は花枝の横にしゃがみ込み、その顔をのぞき込んだ。

花枝は庭の草むらをいじっており、目はうろうろと行ったり来たりしているが、一度も大輔を見ようとはしなかった。やはり、何かを探しているようだ。

「忙しいの？　何か探し物？」

大輔は再び訊いた。

「なあ、姉ちゃん」

何度も無視されて苛立った大輔が、耳もとで大きな声を出すと、花枝はようやく大輔に顔を向けた。だが、どこかがおかしい。顔は大輔に向けられているが、目は大輔を見ていないように思えるのだ。

その上、花枝の左右の目が中央に寄せられてきて、何とも恐ろしげな風貌になってきた。

「えっと、何を探してんの？」

今すぐ立ち上がって逃げ出したい気分がしたが、もう一度だけ勇気を振り絞って、大輔は尋ねた。

「……あざみ」

花枝の口から、初めて声が漏れた。だが、どことなく声もいつもの姉とは違って聞こえる。

「あ、薊はうちの庭には生えてないんじゃないかな」

何とかそれだけ言ったものの、自分でもおかしくなくらい声が裏返ってしまった。

「どこ」

花枝の口から再び声が漏れる。一瞬遅れて、どこに行けば、薊が手に入るかと訊かれていることに気づいた。

外の野の道とか土手とかじゃないかと言いかけて、大輔は既のところで言葉を呑み込んだ。

そんなことを言えば、花枝は――いや、花枝の姿をした者はすぐに外へ出ていきかねない。しかし、今の花枝を外へ行かせていいものかどうか、大輔には判断ができなかった。

「えっと、俺、薊の生えてる場所知ってるから、摘んできてやるよ」

大輔はとっさに答えた。

「だから、家でおとなしく待っててよ。いいね」

大輔がそう言っても、花枝の返事はなかった。だが、これ以上念を押しても、まともな返事はないだろう。大輔は勝手に話を切り上げ、立ち上がった。

今すぐ竜晴を呼んでこなければならない。本当は花枝を小鳥神社へ連れていければ、手間が省けるが、今の花枝を小鳥神社まで連れ出す自信が大輔にはなかった。

だが、出かける前に、花枝の今の状況を、父や奉公人の耳に入れておかなければならない。大輔は旅籠屋にいる父のもとへ、急いで駆け出した。

三

小鳥神社には古くから梶の木がある。場所はいささか古びた本殿の脇で、いつ頃植えられたのかももう分からない。本殿を守るかのように立つ梶の木は、堂々たる佇まいを見せていた。

そして、七月七日、この梶の木の前では、純白の小袖に袴という正装をした竜晴が御幣を振っていた。その傍らに、泰山が白木の三方を手に神妙な顔で控えている。

泰山はこの日も、朝の往診の前、薬草の様子を見に小鳥神社に寄ったのだが、そこで正装をした竜晴を見て驚いた。神事があるのかと尋ねた泰山に、

「神事というほど大したことではないが、七夕にまつわる行事だ」

と、竜晴は答えた。

竜晴との付き合いは二年以上になるが、七夕の日の記憶としてこれというものはないから、これまではたまたま見ていなかったということのようだ。くわしいことを尋ねると、梶の葉を摘むのだという。

「そういえば、梶の葉は血止めや解毒にも効くな」

この神社の庭に梶など生えていたか、と見回したところ、

「本殿脇の梶の木は神木も同じゆえ、急を要するものでなければ、医術には用いないでもらおう」

と、竜晴から言われてしまった。

「あ、ああ。分かった。その梶の木には触れないようにする」

泰山は本殿には近付いたこともないので、梶の木があることもこれまで知らなかった。

「ところで、その行事はお前が一人で行うものなのか」

と、泰山が尋ねると、竜晴は少し微妙な表情を見せた。

「いや、氏子の誰かが来るのか、と思ってな」

と、続けると、そういうことかと納得する表情に変わり、

「特にその予定はない」

と、答える。

「じゃあ、一人で間に合うのか」

さらに泰山が問うと、竜晴は少し考えた末、

「一人で事足りるが、人手があればそれに越したことはない」

と、言う。素直に「手伝ってほしい」と言えばよさそうなものなのに、竜晴の口からその類の言葉が漏れることはなかった。泰山としてもそれは分かっていたから、

「よければ、私が手伝おうか」

と、自分から訊いてみた。

「お前は患者宅を回らなければならないのだろう」

「急を要する患者も今はいないし、訪ねる時刻も決まっているわけではない」

だから、梶の葉を摘む行事の介添えくらいはできると答えると、

「ならば、そうしてもらおう」

と、竜晴は遠慮もせずに受け容れた。

その時、庭木の枝のカラスが、ガアーといつもより濁った声で鳴いた。何やら不服そうな声だと思ったが、竜晴がそちらへ目をやるなり鳴きやみ、その後はおとなしくしている。

それから、竜晴が用意してきた三方を手に、泰山は竜晴の後について本殿脇へと移動した。

「梶の葉に歌や願いごとをしたため、神に捧げるのだ」

と、竜晴はこの行事の中身を語った。梶は楮（こうぞ）の仲間で、楮は紙の原料となる。それゆえ、梶の葉は字を書くのに打ってつけの素材なのだそうだ。

やがて、竜晴は梶の木の前に立つと、深々と頭を下げ、御幣を手にした。

「……祓戸（はらえど）の大神（おおかみ）たち、もろもろの禍事（まがこと）、罪、穢（けが）れ、あらんをば祓いたまい、清め

たまえ」

泰山も竜晴の後ろで頭を下げ、その祝詞（のりと）を聞き続けた。竜晴が物の怪を祓うため、真言を唱えるのを聞いたことがあるが、思い返せばこの神社の氏子でない泰山は、竜晴が祝詞を唱えるのを聞いたことはない。

（さすがは張りがあって、よく通る声だな）

深みのある声は聞いていて気持ちがいい。情というものをいっさい排したその声は、なぜか不思議な味わいを持っていた。まるでこの世とは違う別の場所へ誘（いざな）われていく心地さえしてくる。その場所は常世の国か、神仙の住まう深山幽谷か。俗世との交わりを一切拒んだ、無垢（むく）で清浄で冷たい声――。

やがて、祝詞が終わると、竜晴は御幣を泰山の持つ三方の上に置いた。それから、梶の葉に手を伸ばし、一枚一枚、これはというものを選び抜いて摘み取っていく。一枚ごとに「頂戴つかまつる」と言葉を捧げては、三方の上に置いていった。七枚摘み取ったところで、

「終わりだ」

と、竜晴は告げた。

「ああ、お疲れさま」

泰山は息を吐いて声をかける。ただ、三方を持って立っていただけだというのに、妙に緊張してしまった。だが、それを口にすれば、なぜお前が緊張するのだと冷たく言い返されるだけだろう。何せ、竜晴といえば、緊張などとは生まれてこの方、縁がなさそうに見えるのだから。

竜晴がいつもの住まいの方へ歩き出したので、泰山もそれに続く。鳥居の方から慌ただしい足音と人の気配がしたのは、ちょうど泰山が歩き出そうとした時であった。

「竜晴さまあー」

振り返ると、大輔が息を切らしながら、ものすごい形相で駆け込んでくるのが見えた。

「大輔殿、どうしたのだ」

梶の葉が飛んでいかないように手で押さえながら、泰山は尋ねた。

「あ、泰山先生も。助けてくれ」

大輔は今にも泣き出さんばかりの声で訴えた。大輔が大慌てで小烏神社に駆け込んでくるという事態はこれまでも幾度かあり、泰山も目にしている。しかし、これほどの慌てぶり、動揺ぶりを見るのは初めてではないだろうか。

「大輔殿、いかがした」

竜晴も振り返り、こちらへ足を戻して、ちょうど駆けてきた大輔と向き合った。

「姉ちゃんがおかしいんだ」

と、大輔はいきなり言った。

「おかしいとは、具合でも悪くされたのか」

泰山はすかさず問うた。

「うん。ああ、でも、体の具合っていうより、頭がどうにかなっちゃったっていうか。いや、たぶん何かに取り憑かれているんだよ」

大輔は思いつくままの言葉を、とにかく口から吐き出しているようだ。

「憑かれている、とは、いつもの花枝殿とは異なる様子ということだな」

と、竜晴が落ち着きを失わぬ声で尋ねた。

「そうそう。あまりしゃべらないし、何言ってもうわの空っていうか、話も通じてないみたいだし」

「いつからだ」

「明らかに何かに憑かれていると思ったのは、ここへ向かう少し前だけど、よく考えれば、昨日からおかしかった。昨日、お城へ招かれたんだけどさ。帰ってきてから、ちょっと変だったんだよ」

「昨日は、ちょっと変と思うほどだったのだな。それが今日になって、いっそう悪くなったということか」

「うん。昨日は一応ふつうにしゃべっていたし、ちょっと静かっていうか、沈んでるだけに見えたんだ」

花枝が沈んでいたのは、お楽からもう大奥へ来なくていいと言われたためらしいと、大輔は説明した。

「お父つぁんはしばらく放っておけと言っていたから、俺もあんまり触らないようにしていたんだよ。で、今日、声をかけたら、もう話が通じないみたいになっていたんだ」

花枝は庭で薊を探していたと、大輔は言う。なぜ薊なのかと泰山は尋ねたが、事情は分からないと大輔は首を横に振った。

「姉ちゃんをここへ連れてこられたらよかったんだけど、とてもそんな様子じゃなくてさ。とにかく、竜晴さまに来てもらいたくて」

最後は竜晴の袖に縋り付くようにして言う大輔に、

「分かった。すぐに行こう」

と、竜晴は告げた。そのまま歩き出そうとするので、泰山は慌てて、

「おい、その格好でかまわないのか」

と、尋ねた。大輔は今さら気づいたという様子で「そういや、何かしていたの？」と竜晴の白装束を見ながら問う。ちょっとした神事だと答えた竜晴は、

「これでかまわんだろう。着替えている間が惜しい」

と、そのまま歩き出した。が、三歩進んだところで足を止めると、

「お前は梶の葉を私の居間まで運んでおいてくれ。戸締りはかまわないから、そのまま帰ってくれていい」

と、振り返って泰山に言う。

「あ、いや、私も行く」

泰山は慌てて言った。

「それじゃあ、泰山先生、よろしく。俺たち、先に行ってるからさ」

大輔が言いがてら、竜晴の後を追って走り出した。

置いてきぼりをくった泰山は急いで三方を持って、奥の家まで行き、念のため、居間の奥の机の上に三方を据えた。

それから、自らの薬箱を持ち、大慌てで竜晴たちの後を追いかける。

頑張れよ――とでもいうかのように、枝上のカラスがカアーと鳴いた。

七章　神はまやかしを嫌う

一

大輔の案内で、裏通りから一家が暮らす住まいの方へ、竜晴と泰山は招き入れられた。玄関へ入る前に庭を通ったが、そこには誰もいない。

「姉ちゃん、中にいるのか」

大輔は玄関から上がるなり、奥へ声を放った。

「お邪魔いたします」

竜晴と泰山もすぐに履物を脱ぎ、大輔の後に続く。だが、中から応じる声は聞こえてこなかった。

「お父つぁんに声をかけていったから、誰かがつかまえてくれたと思うんだけど」

もう一度、大輔は「姉ちゃん」と声を放ち、廊下を進んだ。その時、

「……坊ちゃん、は、早く」

奥の部屋の戸が開き、女の震える声が聞こえてきた。大輔は弾(はじ)かれたように走り出す。

大輔は部屋へ駆け込もうとし、その場に立ちすくんだ。竜晴はすぐそのあとに続き、大輔の後ろから部屋の中をのぞき込む。部屋は十帖(じょう)ほどの畳敷きで、中には花枝が座っていた。見張り役か世話係として付けられていたらしい女中は、戸口の脇に震えながら座り込んでいる。許されるなら今すぐにでもこの場から逃げ出したいという様子に見えた。

「わわっ」

竜晴に続いて廊下から部屋をのぞき込んだ泰山が、驚きの声を上げる。しかし、泰山はその場に立ち止まってはいなかった。驚愕の余り動けないでいる大輔の横をすり抜け、先に部屋の中へと進み入る。

「花枝殿」

泰山は花枝の手首をつかみ、叱るような声で呼んだ。

「何をしているのですか。ひどい怪我をしている」

花枝の手の指は傷だらけで、赤い血が滲み出ているのだが、当人はまるで頓着していない様子である。泰山は女中に目を向けると、

「すぐに手当てをします。傷口を洗うための水を用意してください」

と、きびきびした調子で告げた。「はい、ただ今」と、女中が部屋から駆け出していったのと入れ替わりに、悪夢から覚めたような表情の大輔が、部屋に足を踏み入れる。

「ね、姉ちゃん、何してたんだよ」

大輔は少し脅えた声で訊いた。竜晴も大輔に続いて部屋へ足を踏み入れた。

花枝は泰山に手首をつかまれたまま、抵抗するそぶりも見せず座り続けている。その膝の前には花器と花を固定させる花留め、そして赤紫色の薊が何本か散らばっていた。

「花を活けていたのですか」

何も答えない花枝に代わり、竜晴が落ち着いた声で尋ねた。

「生け花って……」

そうとしか言いようのない状態を前にしつつも、指から血を流して平然としてい

る花枝の姿に、大輔は困惑している。一方、泰山は怪我を見ることに慣れているせいか、さほど驚いた様子もなく、

「生け花はよいですが、怪我をしたら、すぐに手当てをしなければ――」

と、諭すように花枝に言う。

「怪我……？」

花枝の口からいつもとは違う、おっとりした低めの声が漏れた。竜晴は花枝から目をそらさず、泰山と大輔は顔を見合わせている。

「ああ、これ？」

花枝は泰山に取られていた手をぐいと引き寄せた。思いがけぬ花枝の力の強さに、泰山がわずかによろめき、手を放してしまう。

花枝はどことなくうっとりした眼差しで、自分の指先を見つめた。

「花を活けていたのです。姫さまにお届けしようと思って」

花枝は血の滲む手に少しも怖気づいていない。

「な、なんだよ、姉ちゃん」

大輔が今にも泣き出しそうな声を出した。

「姫さまって誰のことだよ。姉ちゃんの知り合いに、お姫さまなんかいねえだろ。一体、どうしちゃったんだよ」

「姫さまは姫さまよ。お美しくて、お優しい姫さま。私は一目見た時から、姫さまに心を奪われて……」

「姉ちゃんってば！」

大輔が悲痛な声を上げるのと、

「なるほど。姫さまか」

と、竜晴が納得した声を上げるのはほぼ同時であった。

「手当てなどいりませぬ。傷を負った私を御覧になれば、お優しい姫さまは私を哀れみ、慰めてくださるでしょう。私はそれが嬉しいのです」

花枝は歌うような調子で言う。その口の利き方も、そして声の調子も、もはや花枝のものではなかった。

竜晴は泰山と大輔に、しばらく自分に任せてほしいと目くばせを送り、一人で前に進み出た。泰山は花枝に心配そうな目を向けつつも、竜晴に場所を譲る。竜晴が花枝の前に座って、

「薊の花を姫さまにお届けするのはどうしてですか」

と、問うと、「それは……」と花枝の目の奥がかすかに揺れた。

「姫さまが薊をお好きなのですか」

「いいえ、姫さまがお好きな花は、桜と藤。華やかで麗しく、高貴な花ほど、姫さまにお似合いだった」

「しかし、今の季節に桜も藤も咲いていない。だから、仕方なく選んだ花が野に咲く薊とは……。あなたの言う姫さまにお似合いの花とは思えませんが」

「仕方ないの。姫さまのためにはそうするしか」

花枝は悲しげに呟いている。

「ふうむ。薊は葉に棘がある。あなたがこうして傷を負ったのもそのせいです。姫さまに棘のある花をお届けするとは、わけが分からない。そもそも、薊の花を贈られて姫さまは喜ぶのでしょうか」

「ちがう、ちがう」

竜晴の言葉に、花枝は子供じみたしぐさで、首を横に振った。

「どう違うのです」

「姫さまに贈るのは、薊ではなくて、狐の眉刷毛。狐の眉刷毛なら、姫さまだって嫌がりはしませんもの」

「ほう。狐の眉刷毛ですか。確かに、狐の眉刷毛は薊によく似ています。同じ季節に咲いていれば、間違える人も多いでしょう。狐の眉刷毛には棘がない。だから、姫さまに贈っても失礼には当たらないというわけですか」

竜晴の言葉に、花枝はうんうんとうなずいてみせた。

「ですが、これは狐の眉刷毛ではない」

竜晴は容赦なく言った。

「いいえ、狐の眉刷毛です。私が狐の眉刷毛といったら、狐の眉刷毛です」

花枝は子供のように言い張った。

「あなたのその手の傷はどう説明するのです。それは、この薊の棘でつけた傷でしょう」

「ちがう、ちがう」

「無茶な言い分を通そうとしても無駄です。そもそも、今の季節に狐の眉刷毛は咲いていない」

「…………」

「姫さまはそのことを知らないのですか」

狐の眉刷毛が咲くのは春の終わりから夏の初めの頃。一方、薊は花の季節も長く、春の終わりから夏の間ずっと、種類によっては立秋が過ぎても咲いている。

竜晴は花枝が活けようとしていた薊の一本に手を伸ばした。

「あ、竜晴さま。危ないよ」

大輔が後ろから声をかけたが、竜晴はかまわずに薊の花を手に取った。花のすぐ下を、親指と人差し指で挟むようにして持つ。

その茎には、折り畳まれて細くなった紙が結び付けられていた。

「なるほど、結び文ですか。見せていただきますが、よろしいですね」

竜晴はそう言って、花枝の目をのぞき込むようにじっと見つめた。しばらくの間、花枝の顔には葛藤するような色が浮かんでいたが、やがて逆らいようもないという様子で、力尽きたようにうなずいた。

竜晴は薊の花を持ったまま立ち上がると、後ろを向き、泰山の前に差し出した。

「この紙を取ってくれないか。ただし、この花には触れないように頼む」

竜晴の頼みごとに、泰山は眉を顰め、「触れないようにと言われてもなあ」と手を出しかねている。そこへちょうど盥を持って、先ほどの女中が戻ってきた。花枝の父の朔右衛門も一緒である。

「これは、竜晴さま。とんだご迷惑をおかけしてしまい、申し訳ございません」

朔右衛門はひどく恐縮した様子で、竜晴に頭を下げ、「立花先生にも申し訳ない」と泰山にも謝った。

花枝の様子がおかしいと聞いて気になっていたが、旅籠屋の仕事で手が空かず、取りあえず女中に任せておいたということらしい。その間に、花枝はどこからか薊を摘んできて、女中に生け花の用意をさせ、この事態になったということであった。

「も、申し訳ございません。何度もお止めしたのですが、お嬢さまはまるで聞き容れようとなさらず」

女中は泣きながら謝った。

「もういい。このくらいの傷など手当てをすればすぐに治るだろう」

「しかし、花枝殿は手当てをしたがらないのです」

竜晴が言うと、朔右衛門は「どういうことだ」と顔をしかめた。

「花枝殿はものに憑かれているようです。それをしっかりと祓うことさえできれば、いつもの花枝殿に戻りますから、まずは私にお任せください」

竜晴の言葉に、朔右衛門はうなずき、「それではよろしくお願いします」とすべてを竜晴に委ねた。

「では、この文を取りましょう」

竜晴は女中に目を向け、花を伐る鋏はどこかと尋ねた。女中はそれならばと言って、いったん部屋を出ていくと、やがて鋏を持って現れた。初めはこの部屋に用意していたのだが、花枝の様子がおかしいので、隣室へ隠しておいたのだという。

竜晴はそれを受け取ると、結び付けられた文だけを持っていてくれるよう、泰山に言い、その文から下の部分の茎を鋏で切り落とした。文は泰山の手に、切り落とされた茎の部分は畳の上に落ちる。

竜晴は泰山に、直に手で触れぬよう注意した上で、伐られた薊の茎を拾うよう指示した。言われた通り、手拭いを使って茎を拾いながら、泰山は首をかしげる。

「毒を気にしているのか。しかし、薊の棘に毒はないはずだが……」

「新たな毒が塗られているかもしれん。おそらく大した毒ではないだろうが、肌がかぶれたりすると厄介だろう」

竜晴は言い、持っていた薊の花の方も、泰山に渡した。代わりに、泰山から文を受け取ると、ゆっくりとそれを開いて、中に目を通す。

「なるほど」

ややあって、顔を上げた竜晴は花枝に目を据えて言った。

「これで、すっかり分かりました。あなたが何者なのかということも含めてね」

すると、それまでおとなしくしていた花枝は、「姫さまあ……」と寂しげに呟くなり、しくしくと泣き出したのであった。

二

花枝の様子に、大和屋の人々は茫然としていたが、竜晴は平静さを保ち、泰山はすばやく動いた。泣き出した花枝が血のついた手で顔に触れぬよう、その手首を再びつかむ。花枝はひくひくと泣き続けていたが、特に逆らう様子はない。

その間に、泰山は女中に手伝わせながら、花枝の手指の傷口を洗い、血止めの薬を塗って晒を巻き付けるという治療を済ませてしまった。

花枝はまだ時折しゃくりあげていたが、手当てが終わったところで、

「玉水の前」

と、竜晴は花枝に呼びかけた。その場の人々の顔に驚愕と困惑の色が浮かぶ。

だが、花枝に驚いた様子はなく、涙に濡れた顔を竜晴に向けただけである。泣き声はいつしか止まっていた。

竜晴は進み出て、再び花枝の前に座ると、

「あなたは玉水の前で間違いないのですね」

と、静かな声で問うた。すると、花枝に憑いたものは先ほどと同じように、竜晴の言葉には逆らえぬというふうに「はい」と返事をする。

「遠い昔、宮中に入内した姫さまにお仕えしていた女房、玉水の前。そして、その正体は狐。そういうことなのですね」

「その通りですが、どうしてお分かりになったのですか」

「拠り所はいくつかあります。まずは、玉水と名付けられた狐が高貴な姫君にお仕えした話が『御伽草子』の一つとして伝わっており、私も知っていたこと。次に、

この江戸をさすらう狐の霊について、ある事情から知っていたこと。さらに、花枝殿――つまり、あなたが憑いたこの方も、高貴なお立場の女人を大切に思い、その人にお仕えしようかと悩んでおられたこと。要するに玉水の前が姫君を思う気持ちと似通っている。この世に執心を残した霊は、何らかの縁ある者に憑くということを思い合わせれば、玉水の前の霊が花枝殿に憑いたことは推測できた。しかし、それはあくまでも推測でした。絶対にそうだと言い切れる証は――」

竜晴は手にしていた紙を持ち上げてみせる。

「ここに書かれていた歌ですよ」

そう言うなり、竜晴は紙を見ることなく、その歌を口ずさんだ。

色に出て言はぬ思ひのあはれをも　この言の葉に思ひ知らなん

竜晴が吟じ終えた時、玉水は目を閉じていた。

「口に出すことのない私の姫さまへの思いの深さを、この言の葉でどうか知ってください――この歌は、玉水が自分の正体を打ち明けた文の最後に添えられた歌の一首。もちろん、この歌だけで読んでも、相手に対する思いの深さを伝えるものとなっています」

玉水はゆっくりと目を開けた。

「あなたはこれをお楽の方――いや、あなたにとっては姫さまと呼ぶべきお方に渡そうとした。それは、別段咎められるようなことではない。しかし、なぜ薊に結び付けたのです？　その上、先ほどあなたはこれを狐の眉刷毛と偽って、お楽の方に贈ると言った。お楽の方は花枝殿からの贈り物と聞けば、そのまま信じるお人なのでしょう。棘はないと信じて、文を取ろうとしたその時、お楽の方は薊の棘に触れる。あなたはそこに何らかの毒を――おそらく、命に別状などはないが、大奥に居続けるのに支障が出るような毒を仕込んだのではありませんか」

竜晴はいったん口を閉じ、返事を待つように玉水をじっと見つめた。

「はい。櫨（はぜ）の樹液を塗りました」

「なるほど、触れればかぶれる毒というわけですか。しかし、大奥の女人にとって肌がかぶれるのは大変つらいことでしょう。間違って、その樹液に触れた手を顔につけてしまうことだってあるかもしれません」

竜晴が厳しく問い詰めても、玉水の表情に悔恨の色は浮かばなかった。

「そうすれば、姫さまはあの御殿から出てこられるでしょう。もちろん、私が付ききりでお世話して、傷の痕など残らぬように介抱いたしますとも。でも、もう二度と姫さまのおそばを離れはしません。姫さまを私の故郷の山へお連れして、その後はずっと一緒に暮らしていくのです」

玉水は泰山の手当てを受けた両手を胸の前で重ね合わせ、仕合せそうに目を閉じている。心の底から、それこそが姫と自分の幸いであると信じて疑っていないのは明らかであった。

「しかしな、花枝殿」

その時、後ろに控えていた泰山が黙っていられぬという調子で口を挟んだ。

「花枝殿ではない、玉水の前だ」

竜晴が冷静な声で指摘する。

「あ、ああ。そうだったか。では、玉水殿」

と、泰山は咳払いして言い直した。

「櫨は触れるだけでかぶれる他の漆と比べれば、確かに毒は強くありません。しかし、樹液に触れれば危ないですし、まして薊の棘でついた傷口に触れれば、もっと重篤になると考えられる」

「でも、そうしなければ、姫さまをあの御殿の外へ連れ出すことができませんから」

竜晴の言葉に対する素直さとは打って変わった様子で、玉水はぷいと横を向き、そっけなく言い返した。

「あなたは介抱して治すと言ったが、万一、傷が残ったらどうするのです。それに、一度かぶれれば、かぶれやすい質になることもある。お楽の方……いや、あなたの大切な姫さまが苦しむのを見て、あなたは胸が痛まないのですか」

「姫さまが……苦しむ？」

虚を衝かれたという様子で、玉水は呟いた。

「苦しまないはずがないでしょう」

すかさず、竜晴が切り込む。

「泰山は医者ですから、体に受ける傷や痛みを口にしましたが、私は姫が何より傷つくのは心だと思います。どんな事情があるにせよ、信じていたあなたから傷つけられることになるのですからね」

「傷つけるといっても、それはほんのひと時のことであって……。それに、私は姫さまのことを思い……」

玉水の表情に、初めて動揺の色が走った。

「それは違う」

間髪を容れずに竜晴が言うと、玉水の心はさらに乱れたようであった。

「どこが違うというのですか。姫さまはすばらしい御殿で暮らすようになられても、仕合せにはなれなかった。だから、私は姫さまをそこから救い出したいと願ったのです。私は姫さまの仕合せを思って……」

「それが違うのだ。姫を連れ出したいというのも、姫と一緒に暮らしたいというのも、あなたの我欲。姫のためと言いながら、あなたは姫の気持ちより自分の気持ちを重んじたのです」

「姫さまより自分の気持ちを……」

「かつてのあなたは違ったはずだ。自分の望みよりも、姫の仕合せを先に考えた。そして、入内する姫の邪魔にならぬようにと、自ら身を退いた。これほど美しい思いやりの心があるだろうか。人の身に生まれた者でもなかなかできぬことを、狐の身のあなたが成し遂げた。それゆえに、あなたたちの逸話は美しい物語として世に残ったのです」

「…………」

「あなたは世にも美しい心を持った狐として、皆から慈しまれている。今のあなたがしていることは、生前のあなたの美しさを汚す行いなのですよ」

「今の私が……間違っていると？」

玉水は震える声で問うた。その両目はすでに竜晴を見てはおらず、虚空を見つめている。

「さようです。あなたは間違っている」

「私は……かつて間違えたと思った。姫さまのおそばを離れるべきではなかったと、悔やんで悔やんで、悔やみ続けて。その執心ゆえに何百年とこの世に留まり……。だから、今度こそ間違えまいと――」

「花枝殿に取り憑いて、花枝殿が大事に思うお楽の方を大奥から連れ出そうとしたわけですね」

「……はい。でも、それは間違っていると、あなたは言う」

「そうです。大事な人の目をくらませ、まやかしによってそばにい続けても、本当の仕合せなど手に入れることはできぬ」

玉水はうなだれ、もう言葉を返そうとはしなかった。

「四谷の稲荷神社の天狐より依頼を受けた。あなたの執心を解き放ってやってほしい、と——」

竜晴は淡々と告げると、居住まいを正した。

「小烏神社の宮司賀茂竜晴、天狐との盟により、汝(なんじ)の執心を解く」

山奥に湧き出る泉のように、清らかで冷たい声がその座を厳粛なものへと変える。

「悪事も一言、善事も一言。一言で言い離つ神、葛城(かつらぎ)の一言主(ひとことぬし)」

その言葉に操られたかのように玉水が顔を上げると、竜晴に向かって手を合わせた。

「いつの世でも真理は一つ。神はまやかしを嫌う」

竜晴は目を閉じると、印を結び、呪を唱え始めた。それと同時に、玉水の上半身がゆらゆらと揺れ始める。

火途（かず）、血途（けちず）、刀途（とうず）の三途（さんず）より彼を離れしめ、遍（あまね）く一切を照らす光とならん
オンサンザン、ザンサクソワカ

竜晴が印を結んだ手を振り上げると、玉水の体の揺れはぴたりと止まった。そして、その胸の辺りから白く輝く光が現れたかと思うと、すうっと天井へと吸い込まれて消えた。

「花枝っ！」

「姉ちゃん」

朔右衛門と大輔の叫び声が部屋の中を揺るがせた。

「もう大丈夫でしょう」

と、竜晴がその場を退くや否や、二人が花枝のそばへと急いで駆け寄る。

花枝はうつむき、両腕を下げた姿で、座り続けている。倒れ込みはしなかったが、意識は失っているようであった。

「花枝殿は休ませて差し上げてください。少しすれば気がつくでしょう。憑かれて

いた時のことは、あいまいにしか覚えていないでしょうが、気に病まぬようにとお伝えを」

竜晴の言葉に、「ありがとうございました」と朔右衛門は感極まった様子で礼を言った。

「姉ちゃんを助けてくれて、ありがとう。竜晴さま」

大輔も竜晴に顔を向けて言った。

「先にも言いましたように、この度のことは別口で受けていた頼まれごとです。ゆえに、お気になさらないよう。それよりも、こうなるまで花枝殿をお助けできず、私の方こそ申し訳ありませんでした」

竜晴は朔右衛門と大輔に告げ、泰山と共に大和屋を辞した。

「花枝殿のことはもう大事ないのだな」

大和屋の外の道に出たところで、泰山が待ちかねたように問うた。

「うむ。狐はしっかり祓ったゆえ、花枝殿に問題はない。傷の手当てもお前がしっかりしてくれたんだろう？」

竜晴が訊き返すと、泰山は「ああ」とうなずいた。

「手指の傷は大丈夫だ。これからも具合を見に寄らせてもらうしな」

ところで――と、泰山は少し躊躇いがちに言葉を続ける。

「花枝殿が大奥へ行くことはないと考えていいのだよな。先ほど大輔殿は、お楽の方が申し出を取り下げたと言っていたし……」

「確かに、申し出は取り消されたのだろうが、花枝殿自身がどう納得するかは別のことだ。これまでは、狐の魂に操られての言葉や行動もあったろうからな」

「……そうだな。お前の言う通りだ」

自分に言い聞かせるように言うと、泰山は不安を吹っ切るように表情を改めた。

「では、私はここから患者さんのお宅を回るので、帰りにまた寄らせてもらう」

薬箱を手に往診に出向く泰山を見送り、竜晴は小烏神社への帰路に就いた。

三

小烏神社に戻ると、竜晴を待っている客が二名あった。両名とも、抜丸と小烏丸によって家の中へ上げてもらっていたのだが、その様子は天と地ほども違っていた。

四谷の稲荷神社からやって来た白い天狐は、ご機嫌そのもの。一方、伊勢家から飛んできた鷹のアサマはいつになくそわそわと落ち着かぬ様子である。

「おお、宮司殿」

竜晴が帰ってくるなり、誰より早く声を発したのがアサマであった。すると、白蛇の抜丸が、自分より先に挨拶するなど許さじとばかり、

「お帰りなさいませ、竜晴さま」

と、驚くような身ごなしの速さで、進み出てくる。

「あの氏子の娘の憑き物祓い、お疲れさまでございました」

抜丸の言葉が終わるのも待たずに、今度はカラスの小烏丸が「客が来ているぞ」と口を開いた。

「娘の狐は無事に祓えたようで何より。白狐がそれを察して、礼に参ったゆえ、我らも早々に知ることができたのだ」

「ご挨拶が遅れました、宮司殿。この度はわたくしの頼みを聞き容れ、惑える眷属を見事お救いくださいましたこと、御礼申します。その上で、少しお尋ねしたいことがあり……」

小烏丸に続けて、白狐が自分の話を始めると、

「待て待て。それがしが先に声をかけたのであるぞ。狐殿はしばらく黙っていていただこうか」

と、アサマが白狐の話を遮る。付喪神と天狐が入り乱れて話をするから、何とも姦しい。

「いや、立派な嘴と爪があるからといって、狐よりも格上と思ってもらっては困りますね。わたくしはこれでも宇迦御魂さまにお仕えする狐で、霊たる狐の格付けの中では最上位の天狐なのでございますからして……」

「貴殿の格など聞いてはおらぬ。とにかく、それがしは一刻を争う緊急の事態をお伝えせんと参ったのだ。急を要する用件でなければ、後回しにしていただこう」

天狐の言葉を遮って言うアサマの様子は、本当に切迫して見えた。

「よし」

ここで初めて竜晴が一言口を開くと、三柱と一匹はたちまち静かになった。

「アサマが急を要すると言っている。天狐殿の謝意は受け取ったゆえ、もう一つの用件がそこまで急でなければ、まずはアサマの話から聞こうと思うが、どうであろ

うか」

竜晴の言葉に異を唱える者は誰もいなかった。アサマはようやく落ち着きを取り戻すと、

「かたじけない」

と、天狐への気遣いも見せた上、用件を語り出した。

「実は、伊勢家で預かっていたお駒という大奥の女中が、姿を消したのでござる。伊勢家は今、そのことで大騒ぎになってしまった」

「お駒とは、お楽の方を呪詛した女中のことだな」

竜晴はわずかに目を瞠り、訊き返した。

「さようでござる。呪詛の件はお駒の自業自得であるのだが、我が主は後見人としてお駒を預かり、しかるべき部屋に閉じ込めておられた。世話と見張りを兼ねた女中も付けていたのだが、ある時、この女中がとんでもないものを見たと訴えてまいった。何と、お駒に二本の尻尾が付いているのを見たと申す」

「二本の尻尾？」

その場にいた誰もが驚愕の色を浮かべ、アサマが首を縦に動かす。

「その女中が大声で騒ぎ立てるもので、我が主をはじめ、皆がお駒のもとへ足を運んだところ、すでに姿がなかったという。どさくさに紛れて逃げたのであろう」

「伊勢殿はどうしておられる？」

「家中で手の空いている者を探索に向かわせる一方、我が主はすぐに寛永寺へ出向かれた」

「なるほど、呪詛の一件にも噛んでおられる大僧正さまに、まずは知らせに行かれたということだな」

竜晴は納得した表情でうなずくと、少し考え込む様子を見せた。

「……二尾か」

二尾といえば、つい先ごろ泰山に勧めた『玉藻の前』に出てきた狐が真っ先に思い出される。そして、狐といえば、たった今、竜晴が花枝から祓った玉水の正体も狐。その玉水が憑いた花枝とお駒は先日、大奥で顔を合わせている。もしも、この時から、お駒に二尾の狐が憑いていたとすれば――。

「少しよろしいでしょうか」

その時、天狐が遠慮がちに声を上げた。

「わたくしごとではありません。ただ今のお話に関わるのではないかと思うので、お聞き願いたいのですが」

「いいだろう。話してみなさい」

天狐は竜晴に頭を下げると、おもむろに口を開いた。

「わたくしは宮司殿に依頼を果たしてくれたお礼に参りました。それなのに、この胸にある懸念は完全に消えてくれませぬ。それは、つまり――」

「玉水の前の執心を解いたにもかかわらず、なおも執心を抱く狐がまだ江戸にはいるということか」

天狐の言葉を先回りして、竜晴が言うと、「まさにそれでございます」と天狐は意を得た様子でうなずいた。

「わたくしはそのことを改めて宮司殿にお願いしようと思っておりました。しかし、期せずしてその狐の正体が分かったのではないでしょうか。おそらく、そちらの鷹殿の言う娘にも狐が憑いていたのです。二尾と仰せでしたが、その狐は二尾と言われることも九尾（きゅうび）と言われることもあり、狐の行使できる力の具合によって、尾の数も変わるようです。いずれにしても、その狐、この国では玉藻の前と呼ばれて鳥羽院を虜にしたものとして伝えられております」

「その話なら私も知っている。それでは、やはりお駒殿に憑いたのは玉藻の前と考えてよいのだろう」

竜晴はきびきびと言った。

「それで、玉藻の前がどこへ逃げたか、天狐殿には心当たりがおありかな」

「心当たりも何も」

天狐はいっしかアサマ以上に取り乱した様子になっている。

「実はただ今、玉水は四谷の社で預かっておりまして、仔細はすべて玉水より聞きました。そのお駒とやらが自滅した経緯も知っております。とすれば、お駒にせよ、お駒に憑いた狐にせよ、恨んでいるのはここの宮司殿と花枝という娘。いえ、正しくは、花枝に憑いた玉水でございましょう。宮司殿と戦えば祓われるのは自明ですゆえ、玉水を狙おうと考えるのが筋ではないでしょうか」

今も四谷の稲荷社にいる玉水が心配だと、天狐は言い出した。

「失礼ですが、わたくしはこれよりすぐに帰らせていただきます」

「分かった」

と、竜晴はすぐに応じた。

「私もこれからすぐに寛永寺へ出向き、大僧正さまに事情をお伝えしてから、狐殿の社へ参る。そして、小烏丸とアサマ。そなたたちは狐殿と一緒にこのまま稲荷社へ向かってくれ」

「分かった」

「委細承知」

と、小烏丸とアサマが即座に答える。

「抜丸は人型となって、私と共に寛永寺へ」

竜晴が告げると、「はい」と答えた白蛇がそのすぐ目の前へやって来た。竜晴は印を結ぶと、付喪神を人型へと変える呪を唱え始める。

彼、汝となり、汝、彼となる。彼我（ひが）の形に区別無く、彼我の知恵に差無し

オンバザラ、アラタンノウ、オンタラクソワカ

たちまち床上に白い煙のようなものが漂い始め、白蛇の姿を一瞬のうちに隠して

しまう。しかし、それは竜晴が呪を唱え終えた時には晴れており、その時、そこには水干を着た子供が一人立っていた。

「では、おのおの。しかと事に当たれ」

竜晴の号令の下、一同はあっという間に小烏神社を飛び出していった。

竜晴が寛永寺へ出向くのも、かなり回数が重なり、門番にも庫裏（くり）の小僧にも顔を覚えられている。もちろん、彼らは抜丸の姿を見ることはできないので、竜晴がいつも一人で来ると思っており、供人をつけたらどうかと勧めることなどもあった。

この日、竜晴が庫裏の玄関へ行くと、取り次ぎの小僧が現れ、

「お待ち申しておりました、宮司さま」

と、いきなり言う。

「大僧正さまがそうおっしゃったのか」

竜晴が訊き返すと、小僧は訝しげな表情となり、「お約束がおありだったのですよね」と竜晴の顔色をうかがうように訊き返した。「さよう」と話を合わせた上で、

「ところで、伊勢殿はすでにおいでかな」

と、竜晴からも問うた。

「はい。すでにおいでいらっしゃいます」

それも約束のうちだったのだろうと、すっかり信じ込んだ様子で小僧は答えた。

そして、竜晴は天海と伊勢貞衡のいる部屋へ案内されたが、

「大僧正は食えないお方でございますね」

と、抜丸が後ろから微妙な物言いで呟いた。天海の力に驚嘆はするが、竜晴に匹敵する力を持つことが何となく不快である、というような口ぶりであった。

もちろん、この声は竜晴以外の者には聞こえないので、竜晴も返事などは差し控える。

「おお、お待ちしていましたぞ」

竜晴の姿を見るなり、天海は言った。

「お約束しておられたのですか」

中にいた伊勢貞衡はいささか憔悴(しょうすい)していたが、天海の言葉に意外そうな表情を浮かべている。

「まあ、そのようなものだ」

と、天海は適当にごまかし、竜晴は何も言わない。

「ただ今、伊勢殿より重大な話を伺っておりましてな」

「まったく、我が家の失態でございまして、お恥ずかしい限りのことなのですが」

と、きまり悪そうな表情で切り出した貞衡に、

「ああ、そのお話ならば存じておりますゆえ、お気遣いなく」

竜晴はすばやく言った。

「それより、お駒殿の居場所の予測はついております」

続いて告げられた竜晴の言葉に、貞衡は大きく目を見開いた。言葉もない貞衡に対し、天海は落ち着いている。

「さすがは、賀茂殿。して、いずこに？」

と、余計なことは一切訊かずに、用件だけを問うた。

「四谷の稲荷社の見込みが高い、かと」

自分は今からそちらへ向かうつもりだと、竜晴は言った。

「ならば、それがしも参らねばなりませぬ。お駒は我が家で預かる者ですゆえ」

貞衡はすぐに気を取り直し、勇ましい声で言う。

「おそらく、容易ならざるものの力も働いていよう。拙僧も共に参りましょうぞ」

と、天海も続けて述べた。

「またしても、この三名での戦いということになりそうですね」

竜晴の言葉に、天海がおもむろに、貞衡が重々しくうなずき返す。それから、三人は後先に立ち上がった。抜丸はそれより早く立ち上がっている。

「ところで、賀茂殿はどうして四谷の稲荷社と分かったのでしょうか」

部屋を出ていく直前に、貞衡が小声で竜晴に問うた。竜晴は「あちらから知らせがありまして」と、落ち着き払った声で答える。貞衡はなおも怪訝そうな表情を浮かべていたが、

「伊勢殿もあちらへ行けば、お分かりになるか、と」

竜晴が続けて言うと、それ以上は尋ねてこなかった。貞衡は雑念を振り払うかのように顔を前へ向けると、勢いよく大股で歩き出す。竜晴はその後に続いた。

八章　狐の涙

一

赤坂の清水谷から四谷へ遷された稲荷神社の少し手前で、竜晴は駕籠(かご)を降りた。天海と伊勢貞衡もそれぞれ駕籠を使い、二人は護衛の侍を数名、伴っている。

竜晴にも供はいた。人型のまま、抜丸は駕籠に少しも遅れることなくついて来ている。駕籠を降りたところで、竜晴はひそかに「解(かい)」と唱え、抜丸を白蛇の姿に戻した。

ほどなくして、合流した竜晴たちはそろって、稲荷社の鳥居の前に立った。

「すさまじいまでの妖気ですな」

天海が言い、伊勢貞衡がごくりと唾を呑む。竜晴は表情も変えなかった。

「この中に、まこと、お駒がいるのでしょうか」

重苦しい異様な気配に圧倒された様子で、貞衡が茫然と呟く。

「まずは中へ踏み込み、それを確かめねばなりますまい」

天海が落ち着いた声で促すと、貞衡は己の動揺ぶりを恥じるように目を伏せ、

「かしこまった」と応じた。

「ただし、これより先は呪の力がものを言うところと思われる。それでも、伊勢殿は進まれますかな」

「無論ですとも」

天海の言葉に、貞衡はすぐさま応じた。

「お役に立てるかどうかは分かりませぬが、断じて遅れは取りませぬ」

貞衡は念のため、自分の伴った侍たちも連れていきたいと言った。どんな屈強の男でも、またどれだけ剣の腕があろうとも、妖力に触れれば為す術もないのであるが、竜晴と天海は顔を見合わせただけで、反対はしなかった。

いざという時のことを考え、天海の護衛だけは鳥居の外に残すことにする。そして、その他の者は鳥居へ向かって歩み出そうとしたその時、

「お待ちなさい」

という声が、一同の頭上から降り注がれた。同時に、鳥居が神々しい光に包まれ、中央に何者かの気配が現れた。

「わたくしはこの社の主、宇迦御魂」

澄んだ声が聞こえるというより、頭の中に響いてくる。まばゆいばかりの光は目を開けていられないほどで、実際、伊勢家の家来たちは目を手で覆ったり、横に背けたりしていたのだが、竜晴と天海の二人は瞬きもせず、光を見据えていた。

やがて、まぶしい光が弱くなっていくと、宇迦御魂と名乗った者の姿がはっきりとしてきた。

透き通るような白銀の長い髪を持ち、神職のような白い小袖に白袴姿、手には稲穂を持ち、左右に白狐と銀狐を従えている。一見、人間の美しい女のようにも見えるのだが、明らかに人と異なるのは、獣のような耳と尾がついていることであった。いずれも狐のものとよく似ており、人と狐の混ざり合った姿をしている。

「これは、宇迦御魂さま。遷座の前にお会いして以来ですな」

と、天海が重々しく挨拶した。

「はい。ご無沙汰しておりましたね。天海殿」

宇迦御魂が上品な声で応じる。

「そして、初めまして。小鳥神社の宮司賀茂竜晴殿」

宇迦御魂の顔が竜晴へと向けられた。

「お初にお目にかかります。あなたがそこの狐殿たちの主でしたか」

白狐と銀狐にはすでに面識がある。狐たちが小鳥神社へやって来たのには、宇迦御魂の意向があったはずだから、対面するのは初めてでも、馴染みがなかったわけではない。

「お二方に加えて伊勢貞衡殿、今、わたくしどもの姿を見て、声を聞いているのはあなた方だけです」

と、宇迦御魂は続けた。周囲を見れば、天海と貞衡の供人たちは顔を覆ったり背けたりした格好のまま、まるで時が止まったように動いていない。

「わたくしの話を聞いていただく間だけ、あなた方の生きる世とは別の世へ来てもらいました」

宇迦御魂はそう断り、語り出した。

「ただ今、妖狐がわたくしの社を乗っ取っております。玉水も捕らわれてしまいました。どうか玉水を救い出し、社を取り返してほしいのです」

口調は丁寧ではあるが、いかにも頭ごなしであった。

「無論、そのために我々は来たのであるが、宇迦御魂さまは何ゆえされるがままになっておられた？　己の社を守るのは祀られる神の務めでもござろう」

天海が訝しげな声で問いただした。「もっともなお尋ねです」と宇迦御魂は気を悪くした様子もない。

「わたくしの戦いとは、日照りや長雨、暴風を相手取るもの。すなわち、悪霊や物の怪と戦う術をわたくしは持ちませぬ。わたくしに従う狐たちも同じこと」

そう言って、宇迦御魂は寄り添う狐たちの頭を撫ぜた。

「ゆえに、この戦いは皆さまにお任せするより他にありませぬ」

要するに「自分は何もしないから、お前たちが代わりに戦え」と言うようなものだ。身勝手な言い分に、遠慮も見せない態度――これが人であれば何を偉そうにと思うところだが、神とはそうしたものだと、竜晴は静かに思いめぐらす。

「その上で、お伝えしたいことがございます。ただ今、社の中にいる妖狐の力に関わること。小烏神社の宮司殿はこのハクより、妖狐の正体をお聞きでしょうが」

と、宇迦御魂は右側の白い狐の頭に手を置いた。この天狐にハクという名前があったのか、と内心で思いながらも、そんな思いはおくびにも出さず、竜晴はうなずいた。

「かつて玉藻の前と呼ばれた二尾の狐らしい、とは聞きましたが」

「その通りです。『御伽草子』に二尾として描かれる狐は、那須野で討伐されましたが、そこで殺生石と呼ばれる災厄をもたらし続けたのは、知られるところ。そして、この狐のまことの正体は、殷（いん）の紂王（ちゅうおう）が寵愛した妲己（だっき）なのです」

「妲己といえば、殷が滅びる要因を作った悪女ですな」

貞衡が口を挟んだ。人ならざる力は持たないはずの貞衡だが、ここ最近、妖異の類に出くわし、戦うことを余儀なくされたこともあり、今の事態も騒ぎ立てることなく何とか受け入れているようだ。

「その通りです。この狐はこれまで討伐され、力を弱められることはありましたが、何千年と果てることはありませんでした。殺生石となった後も、人や獣の命を喰（く）らい、力を蓄えていたのです。その後、殺生石を砕かれ、その欠片があちこちに飛び散って、妖狐の力も分散されたのですが、どうやら狐の姿に戻り、人に憑くだけの力を取り戻したのでしょう」

「では、今の妖狐にはそれなりの力があるということですね」

竜晴が問うと、宇迦御魂は「おそらくは」と悲しげにうなずいた。

「妖狐の力を量るには尾の数に注意してください。尾の数が多ければ多いほど妖力が強まっている証。九尾が最高ですが、これとまともに対峙してはなりません。かつて殺生石を砕かれた際に弱まったはずなので、今はそこまでではないはずですが」

「それがしの屋敷で見た女中は、尾が二本だったと申しておりましたぞ」

と、貞衡が言う。

「その時の姿が持てる力のすべてだったとは限りませぬ。また、何千年と生き延びてきたあの妖狐を、そもそも滅することができるのかどうか」

宇迦御魂は切なそうに溜息を吐く。己の力が及ばぬ物事に対しては、まったく為す術がないという様子であった。

「滅せられることのない物の怪だとしても、放っておくことはできぬ」

天海が意を決して言い、竜晴と貞衡がそれぞれうなずく。

「では、お行きなさい。ご武運を」

宇迦御魂と天狐たちの姿が薄れていき、気がつくと、竜晴たちは鳥居の前にいた。貞衡の家来たちも後ろに従っている。そして、今の彼らは何ごともなかったかのような佇まいであった。

「参りましょう」

貞衡が声を上げ、先頭を進む。竜晴と天海もすぐ後に続いた。竜晴の足もとを白蛇がひそかに這う。そして、貞衡の家来たちが背後を守った。

社の中を参道に沿って進んでいくと、やがて本殿と拝殿が現れ、本殿の前にお駒の姿があった。

「お駒っ！」

貞衡が声を放つ。お駒が顔を向けたが、その顔つきは若い娘のものとも思えず、野獣のような獰猛さと貪欲さにまみれていた。

「あ、あれがお駒か」

貞衡は怯んだような声を上げる。

お駒が異様なのはその顔つきだけではなかった。左手で小狐の首根っこをつかんでおり、右手には短刀を握り締めている。その刀で今にも小狐の命を奪おうとしているようだが、そうはさせじと、二羽の鳥が交互にお駒の右手を狙って攻撃をくり返していた。

カラスと鷹である。

お駒は小狐を決して離さず、右手の刀でカラスと鷹を追い払おうとしていたが、どちらが優勢とも見えず、力は拮抗（きっこう）していた。

「竜晴ー」

と、小烏丸が鳴いた。続けて、

「我が主よ」

と、アサマが鳴いた。

その言葉は竜晴と天海には分かっても、貞衡には鳥の鳴き声としか聞こえないはずである。にもかかわらず、さすがは飼い主といったところで、その鷹がアサマであることに気づいたようであった。

「アサマではないか。どうしてこんなところに——」

と、貞衡は驚きの声を放ったが、その答えを追求している暇はない。

「大僧正さまに賀茂殿。お駒に狐が憑いていることは分かったが、あれをどうやって攻撃すればよいのですか」

貞衡が困惑した顔を竜晴と天海に向けた。

敵がどんな強者であれ、怪異であれ、貞衡が怯まぬことを竜晴も天海も知っている。しかし、それがか弱い女人——それも、貞衡が娘のように面倒を見てきた相手となると、対処のしようがないようであった。

「無論、お駒殿に攻撃するようなことはできません」

竜晴は言った。

「まずは、妖狐をお駒殿から引き離さねばなりますまい」

「拙僧に任されよ。不動の金縛りにかける」

天海が言った。

「分かりました」

と竜晴は受け、貞衡に目を向けると、

「狐がお駒殿から離れたら、伊勢殿がお駒殿を救い出してください」

と、指示をする。

「相分かった。お駒のことはお任せあれ」

「私は狐の方に当たりましょう。最後は大僧正さまの大元帥法にて」

竜晴の言葉に、「よかろう」と天海はうなずいた。

そして、三人はそれぞれの役目を果たすべく身構える。まず、天海が印を結び、呪を唱え出した。

魂捕らわれたれば、魄また動くを得ず。影踏まれたれば、本つ身進むを得ず
ノウマクサンマンダ、バザラダンカン

天海がかっと目を見開いた時、お駒はその場に動きを止めた。が、憑いていた妖狐もまた、すばやくそれに対処した。

お駒に憑いていれば、同時に不動の金縛りにかけられてしまう。妖狐はその一瞬前に、お駒の体から離れたのだ。それと同時に、首根っこをつかまれていた小狐も解放された。

「お駒っ！」

すかさず、貞衡がお駒に駆け寄り、その体を抱き留める。

一方、お駒の体から離れた妖狐は、初めお駒と同じくらいの大きさだったのだが、見る見るうちに膨れ上がり、人の二倍くらいの背丈の大狐となった。ふつうの狐よりも色の濃い、やや赤みがかった朽葉（くちば）色のような毛並みを持ち、それが禍々しく鈍い光を放っている。そして、尾の数は二本。伊勢貞衡の屋敷で見られた時から変わっていない。その両眼は憎しみと妬みを宿し、赤く燃えていた。

「グオォー」

とても狐とは思えぬ鳴き声が社の中に轟（とどろ）いた。それが風圧となって周囲を圧倒する。その隙に、小鳥丸とアサマがあっという間もなく、妖狐の口に咥（くわ）えられてしまった。

竜晴はすかさず印を結び、呪を唱える。

日、光もて月を呑み、月、影もて日を隠す

オン、マカラギャ、バザロウシュニシャ、バザラサトバ、ジャク、ウン、バン、コク愛憎を鎮める愛染明王の真言。その間に、天海は次の呪法の支度を調えていた。

「りゅ、竜晴ー」

大狐に咥えられた格好の小烏丸が必死の悲鳴を上げている。アサマは武の真髄は忍耐とでもいうように、無言で耐え抜いているようだ。

「大僧正さま」

竜晴が狐に目を据えたまま声をかける。「うむ、今より大元帥法を行う」と、天海が重々しく受けた。

兵火獣いかなる災禍をもたらせど、我、彼に敗れる無く、彼、我に勝ること無し
難一切を除き、国家鎮護す
ノウボウタリツ、タボリツハラボリツ、シャキンメイシャキンメイ
タラサンダン、オエンビソワカ

天海の声が堂々と響き渡る。その額からは玉のように汗が噴き出している。

大狐は苦悶の唸り声を上げ、身もだえし始めた。いつの間にやら、狐の首に白い

ものが巻き付いている。蛇の抜丸であった。仲間の付喪神たちを救うべく、狐の首を絞めつけ、口を開かせようとしているのだ。しかし、狐もしぶとく、何が何でも小烏丸とアサマを離そうとしない。

天海が呪を唱え終わった。

「悪霊退散！」

最後の大号令と共に、大狐が体を大きく左右に振る。苦しんでいる様子は明らかだが、それでも逃げ出しはしなかった。大狐の動きにつられて、小烏丸とアサマ、それに抜丸までがぐるんぐるんと振り回され、目を回しそうになっている。

天海は肩で息をしており、新たな呪法を講じる力は残っていないようであった。

竜晴はそっと進み出た。こちらを見よ——とばかりに、狐に対峙する。

大狐が何をされたというわけでもないのに、竜晴に目を向け、そのまま動かなくなった。

「退散、と言われなかったか？」

竜晴が狐の目を見据えながら、一言一言を区切るようにして問う。

すると、大狐の様子が一変した。脅えた様子でぶるっと全身を震わせるなり、いきなり竜晴に背を向けたのである。そのまま駆け出そうとする妖狐に、「待て」と竜晴は鋭く声をかけた。

「私と伊勢殿の付喪神は置いていけ」

狐はあっという間にカラスと鷹を放り出し、首に巻き付いていた白蛇を両手でかきむしった。白蛇を投げ捨てるなり、キエェーと切迫した声で鳴き、空へ飛び上がる。

次の瞬間にはもう、狐の本体は宙に消えていた。代わりに、禍々しい火の玉が空を駆け飛んでいく。その方角は真北であった。

二

「大事ございませんか、大僧正さま」

竜晴は天海のもとへ駆けつけ、声をかけた。

「うむ。大事ござらぬ」

天海は妖狐の気配が消えたのを確かめてから、額の汗を拭って答えた。

「賀茂殿のお蔭で助かり申した」

肩で息を吐きつつ、天海は言う。

「いやいや、あれが賀茂家の言霊の力なのだな」

感服した様子で続ける天海に、

「あの狐は大僧正さまの大元帥法で弱っておりましたゆえ、追って命じた私の言葉に素直に従ったのです。私の力のみでああはいきませぬ」

と、竜晴は淡々と答えた。天海は強張っていた顔をやっと和らげると、

「まあ、そういうことにしておきましょうぞ」

と、言った。それから、二人は他の者たちの様子に目を向けた。

お駒の身は伊勢貞衡によってしっかりと抱えられている。貞衡の家来たちが二人の周りを守っており、別の場所には付喪神たちが伸びていた。

そして、その傍らには一匹の小狐が身を震わせながら、クウゥンと悲しげな声で鳴いている。弱ってはいるが、怪我をしているようには見えなかった。

竜晴は三柱の付喪神たちのもとへ寄り、その様子を確かめたが、こちらも傷などは負っていないようだ。

「おぬしは飛べるのなら、先に帰った方がよかろう」

竜晴がアサマに小声で話しかけると、アサマはすぐさま身を起こした。「そうさせてもらおう」とアサマはちらと伊勢貞衡の方を見ながら言い、その場からすぐに飛び立っていった。

初めは少しふらふらしていたが、羽搏くにつれて力強さを取り戻していく様子である。

「あ、あの鷹は……」

アサマではないかと気にかけていた貞衡が声を上げたが、確かめようもなく、やがてあきらめたようであった。

お駒はまだ目を覚ましていなかったが、屋敷で介抱してやりたいと、貞衡はお駒を抱え上げた。天海も寺へ戻って休むと言うので、竜晴のみ宇迦御魂との対応に当たるべく残ることになる。

「ところで、大僧正さま」

最後に竜晴は天海だけを呼び止め、その耳もとでささやいた。

「妖狐と思われる光が去っていった方角ですが、北でございました。あちらは下野の方角……」

竜晴がそこまで言うと、天海は心得ているというふうに、厳しい表情になってうなずく。

「江戸の真北には日光東照宮。そのちょうど鬼門に当たるのが那須野」

「殺生石のあるところですね」

玉藻の前の物語でも、京で化けの皮を剝がされた玉藻の前は、那須野へ飛んで逃れたとある。今回も、江戸を追われることになった妖狐が、いったん那須野へ逃げ延びるのは少しも不思議なことではない。

「念のため、那須野に異変がないか、調べさせることといたす」

天海はそう約束して、伊勢貞衡の一行と共に、神社を後にした。

社の中に残ったのが、竜晴と付喪神二柱、そして小狐だけとなったところで、入れ替わるように宇迦御魂と天狐たちが現れた。

「小烏神社の宮司殿。やはりそのお力は聞きしに勝るものでございましたね」

宇迦御魂は竜晴に豊かな微笑みを向けた。

「聞きしに勝る、とは、いったい、どなたからお聞きになったのでしょう」

「まあ、それはおいおいにでも……」

　と、宇迦御魂は返事をごまかした。

「それよりも、今は大事なお話があります」

　宇迦御魂はそう言うと、まだ震えている小狐を手招いた。「こちらへおいでなさい」と優しく言われた小狐は、宇迦御魂のもとへすっ飛んでいく。

「そちらは玉水の前ですか」

　竜晴の問いに、宇迦御魂は「そうです」と答え、狐の頭を撫ぜた。宇迦御魂に仕える天狐たちとは異なり、玉水の毛並みはふつうの野山に暮らす狐と同じような褐色をしている。

「狐となった姿を見るのは初めてですが、少し意外ですね」

　と、竜晴が言うと、「どこが意外なのでしょう」と宇迦御魂が訊き返す。

「これほど子供とは思っていなかったので。体の大きさもそうですが、中身もずいぶんと幼い様子」

「今の玉水は生まれ変わったも同じですからね」

　と、宇迦御魂は微笑んで答えた。

「まさか、前の記憶を失くしてしまったのですか」

「いえ、そうではありません。記憶はありますが、今の自分とは切り離された前世の記憶のようなものととらえています。これまでの玉水は野狐と呼ばれる格でしたが、今は気狐へと格が上がりました。野狐は人に祟りますが、気狐はそうした悪さはいたしませぬ。本性が変わったも同じですから、別の狐と考えていただくのがよろしいかと」

「なるほど、気狐へ格上げされたのに伴い、子供に戻ったというわけでしたか」

竜晴はまじまじと気狐の玉水を見つめた。すると、玉水も顔を上げ、竜晴をじいっと見上げてくる。

「宮司さま」

玉水は澄んだ声で竜晴に呼びかけてきた。

「私は宮司さまに救われたことを覚えております。感謝の気持ちはどう言い表せるものでもありません。そこで、この私を宮司さまのおそばに置いていただけませんか。何でもいたしますので」

その言葉を聞くなり、竜晴の足もとで白蛇が不意に鎌首をもたげる。

「この子もいろいろとやらかしてしまいましたから、それに見合った善行を積まねばなりませぬ。いずれは空狐（くうこ）、そして天狐へ至るためにも」

宇迦御魂が横から口添えする。

「まあ、そういうことなら、私は構わないが」

竜晴が言うと、白蛇がどことなく不服そうに舌を突き出したが、特に反対の声を上げるわけではなかった。

「しかし、私の神社で暮らすのならば、人の姿になってもらわねばならぬが」

「それはかまわないでしょう。よろしいですね、玉水」

「あい」

玉水はこくりとうなずいた。

「では、さっそく」

竜晴は「彼、汝となり、汝、彼と……」と先ほど抜丸にかけた呪を唱えた。やがて白い霧のようなものが漂い始め、玉水の姿をすっぽりと隠す。そして、霧が消え去った時には、小袖に前垂れを着けた七つか八つくらいの子供が現れた。肩より長い髪を耳の後ろで結んだだけで、結い上げてはいないので、男とも女とも見える。

ただし、薄紫色の着物に紅色の帯は女物のようであった。

「あら、かわいらしいこと」

宇迦御魂が人となった玉水を見て、顔をほころばせた。

「では、玉水。しっかり励みなさい」

「あい、宇迦御魂さま」

こうして話がまとまると、宇迦御魂は「それでは、玉水をよろしく」と竜晴に言い置き、天狐たちを引き連れ本殿へと歩き出した。

「では、我々も帰るとするか」

竜晴は小烏丸と抜丸、そして玉水に声をかけた。

小烏丸とその足にしがみ付いた抜丸を先に送り出し、竜晴と玉水が小烏神社に帰ってきた時はすでに夕刻になっていた。庭の木の枝には小烏丸がとまっていたが、抜丸の姿は見えない。というのも、患者宅の往診を終えた泰山がやって来ていて、薬草に水やりをしている最中だったからだ。

「ああ、出かけていたんだな。勝手にいじらせてもらっているぞ」

と、出迎えた泰山は、竜晴の後ろに付き添っている子供に妙な目を向けた。

「ところで、その子は誰なんだ」

「ああ。この子は今日からうちで預かることになった。名前は玉水という」

竜晴は玉水を泰山に引き合わせた。

「玉水とはどこかで聞いたような……」

首をひねっている泰山には取り合わず、竜晴は玉水に目を向ける。

「こちらは、医者の立花泰山先生。我が家の薬草畑の世話をしてくれている。出入りは勝手次第となっているので、お前もそのつもりで」

「あい。分かりました」

玉水は素直に返事をする。

「お前の世話をする子というわけか。それは、お前にとってはよいことだが、ここで寝泊まりするのか」

泰山はますます妙な目で玉水を見つめた。

「まあ、そうなるだろう」

「……その子の親は……ここにお前が一人暮らしだと分かっていて承知したのか」

奥歯にものが挟まったような言い方を、泰山はした。

「いや、親は……いないと聞いている。この子の親代わりとなっている者から託されたのだが」

「しかし、女のまったくいない家に、女の子の奉公人というのもなあ。お前の親戚というわけでもないんだろう」

「ああ、親戚ではないが……。こういうことは世間から見て、奇妙に思われることなのか」

竜晴が首をかしげて泰山に問い、泰山が返答に窮したその時、玉水がおずおずと口を開いた。

「あのう、私は人間の雄で、年は分からないけど、子供になったみたいで……」

「こ、この子は何を言っているのだ」

泰山が目を大きく見開いて、たまげている。

「玉水、そういう時は『私は男の子です』と言うのだ」

「あ、そうなんですか。じゃあ、私は男の子です」

「男の子か。いや、それなら問題はないだろうが。それにしても、女の子のようにきれいな子だな。それに、着物も女物のようだし」

「そうなんですか。私、何も知らなくて」

玉水は恥ずかしそうに目を伏せたが、そんなしぐさも本当に女の子のようだ。

「まあ、おいおい覚えていけばいい」

竜晴は先に家の中へ入っているようにと、玉水に告げた。玉水が行ってしまってから、

「変わった子だな。言うこともおかしいし」

と、泰山はなおも驚きから覚めやらぬ顔つきで言う。

「実は、人里離れた山の奥深くで育ったのだ」

竜晴がもっともらしいことを言うと、「そういうことか」と泰山は取りあえず納得した様子になった。

「それに、人ではなくて狐に育てられた」

「き、狐に——？」

泰山は再び仰天した。

「いや、まあ、そういう話も聞かぬではないが……。しかし、だからこそ先ほどの

ように妙な言い回しもするのか」

飢饉の折、山に赤子を捨てる悪習を聞くことがあるが、あの子もその類の子か――と、泰山は勝手に了解したようであった。

「ところで、先ほど大和屋さんに寄ってきた。花枝殿はすでに意識を取り戻し、起き上がっていたぞ」

と、泰山は竜晴に報告する。

「お前にも詫びておいてくれと言っていた。それから大奥へは上がらないそうだ。お楽の方へ文を送ったと言っていた。棘のある葉を取り除いた薊の茎に文を結び付けたそうだよ。何でも、薊と狐の眉刷毛は、二人にとって思い出深い花なんだそうだ」

お楽さまは大奥から私の仕合せを願ってくれるとおっしゃってくださいました、私もここでお楽さまのお仕合せを願うことにいたします――そう花枝は言っていたという。

「花枝殿が自分でそう決めたのであれば、それが最もよい答えなのだろう」

「そうだな」

泰山はしみじみとうなずいた。

会話が途切れると、庭先の虫の声が耳に入ってくる。

「ところで、お前。花枝殿のことを……」

ふと、泰山は思い切った様子で切り出したものの、言葉はそこで途切れてしまった。

「花枝殿のことを、何だ？」

竜晴が泰山に目を向けて訊き返すと、泰山は急に顔を赤らめ、「いや、何でもない」とごまかしてしまった。

「いや、その、今日は七夕だな」

竜晴からそらした目を夕方の空に向け、泰山は唐突に話を変える。

「そうだな。私は神に梶の葉を捧げなければならない」

「ああ、そうだったな。梶の葉を摘んだのは今朝のことか。何だか数日前くらいの心地がする」

泰山は夢から覚めたような表情で呟いた。

「お前も帰る前に、梶の葉に何か書いていけ。歌でも願いごとでもいい」

竜晴が言うと、泰山は笑顔になった。

「そうか。お前が神さまに捧げてくれるのなら、何でも叶えていただけそうな気がするぞ」

あまり喜ぶので、一緒に神に祈願するかと尋ねると、ぜひそうさせてほしいと泰山は言った。

「今夜、牽牛と織女は天の川を渡って、一年に一度の逢瀬を楽しむのだな」

再び空に目をやりながら、泰山はいつになく情緒のこもった声でしみじみと呟く。

「それにしても――」

泰山は目を竜晴に戻すと、

「我々は男同士で七夕か」

と、少し情けなさそうな声で言った。

「それは、嘆くようなことなのか？」

竜晴はまったく意味が分からないという表情で訊き返した。泰山はあきれた顔で竜晴を見返し、やがて朗らかに笑い出した。

「いいや、嘆くようなことではないさ」

と、明るい声で泰山は言った。

「お前と過ごす七夕は忘れられぬ思い出となりそうだ」

にこにこと笑顔で言う泰山を、竜晴は不思議なものを見るような目で見つめ返した。

三

今より何百年も昔の京――。小松谷（こまつだに）にある平重盛（たいらのしげもり）の邸に、若くて美しい女が訪ねてきたのは、その異母妹の入内が進められていた年の秋のことであった。

「もうし……」

下弦の月が出ている夜更けである。

重盛は女の声に気づくと、書物から目を上げ、傍らの小烏丸を手に取った。太刀としての小烏丸はまだ付喪神にはなっていなかったが、人の言葉を聞き取る力は備えていた。

「もうし……、お尋ねしたいことがございます」

空耳ではない。重盛は小烏丸を手にしたまま立ち上がり、庭に面した半蔀(はじとみ)を開けた。庭先に声の主と見える女がぽつんと立っていた。

紅の袿(うちぎ)を着た十七、八くらいの娘だろうか。どこぞの邸(やしき)に女房として仕えているような女と見えた。

しかし、夜も更けてから、女が一人、余所(よそ)の邸を訪(おとな)うのはおかしい。

「何者だ」

重盛は女をじっと見据えて問うた。

「私は玉水と申します。こちらのお邸で、入内なさる姫君にお仕えする女房を募っていると聞き、参りました」

玉水と名乗った娘は丁寧な言葉遣いでしゃべった。確かに高貴な姫君にお仕えしても差し支えない物腰、佇まいである。

「かような夜更けにご迷惑とは重々承知していたのですが、一日でも遅れて、雇う人が先に決まってしまったらと気が気でなくて。こちらから明かりが漏れているのが見えましたので、思わず声をかけてしまいました」

さらに、玉水は夜更けの訪問の理由を述べたが、小烏丸は胡散臭いように感じた。

ふつうの人間の女は――それも、身分や地位のある家に仕える女ならなおさら、こんな時刻に人を訪ねたりはしない。

もしや、物の怪や生霊の類ではないのか。小烏丸は自らの主人に害をなす者ではないかと、警戒心を強めた。すぐにも女を追い払い、半蔀を閉めてくれと小烏丸は願っていたが、案に相違して、重盛は玉水を中へ入れてしまった。

常であれば、そば仕えの者に戸を開けさせるところだが、重盛は自ら戸を開け、人は呼ばなかった。室内で、重盛と玉水は向かい合って座り、小烏丸はその時も重盛の傍らの床に置かれた。

灯台の明かりの下で見れば、玉水の肌の白さと美しさはより際立って見えた。

「そなたは、入内する姫に仕えることを望んでいるのだな」

「さようでございます」

重盛の問いかけに、玉水は慎ましく答えた。

「女房勤めを願う者は確かに少なくない。入内する姫のお付きに、と願う気持ちも分かる。しかし、そなたにはそれとは別の事情があるのではないか」

重盛が探るような目を向けると、玉水は黙り込んだ。

こんな夜更けに訪ねてくるからには、もちろん理由があるのだろう。どうしても、入内する姫に仕えなければならぬ、あるいは宮中へ行かねばならぬ、と思い詰める事情が——。

しかし、この問いかけに対して、玉水は口をつぐみ続けていた。

「入内するのは私の妹だ。いい加減な者をそば仕えに選ぶわけにはいかぬ。そなたの素性と女房勤めを望むわけを聞かぬ限り、帰ってもらうしかないが……」

重盛が断固とした口調で言うと、玉水はうなだれていた顔を上げた。縋り付くような必死の目をしていた。

「私はかつて、とあるお邸にお仕えしていたことがございます。お若い姫君のおそば仕えをしておりました」

「なるほど。礼儀作法などには通じているというわけだな」

「決してご当家にご迷惑をおかけするようなことはいたしません」

「しかし、前の勤めを辞めたのはなぜなのか」

「お仕えしていた姫君が御上(おかみ)のおそばへ上がることになられまして。私は姫君のもとを去ったのでございます」

「姫君が御上のおそばへ？　それは……」

　重盛が考え込むような表情で黙り込んだ。その胸の内が小烏丸には予想できた。

　この女は嘘を吐いている。なぜなら、今の帝は十歳そこそこの子供で、今年ようやく元服したばかりなのだ。だから、后妃などはいない。それでは、その前の帝のことかというと、その前の帝は赤子の頃に即位し、幼くして亡くなられていた。もちろん后妃がおそばへ上がることもなかった。さらにその前の帝の時代となると、玉水はまだ年端（としは）もいかぬ子供だったに違いない。

　つまり、玉水の言っていることはおかしいのだ。自分がかつて帝のおそばへ上がるような高貴な姫に仕えていたという前歴を売り込んでいるのかもしれないが、どうしてすぐに分かる嘘を吐いたりするのだろう。

「その姫君は確かに御所へ上がられたのか」

「はい。その行列が出るのも私は確かに見ました。私もついていくはずだったのですが、皆が慌ただしくしている隙に逃げ出したのでございます」

「なぜ、そのようなことを……」

　重盛が怪訝そうに問う。玉水は悄然とうなだれた。

「私が間違っておりました。私は、立ち去ることこそ姫さまのためと思っていたのですが、本当はついていくべきでございました。後になって、そのことに気づきました」

夢に何度も姫さまが現れ、助けてくれと泣いておられるのです――と、再び顔を上げ、玉水は訴えた。それで、姫のもとへ戻ろうとしたが、姫の実家へ行ってももう誰も相手にしてくれない。姫のおそばへ上がることはもちろん、かつての女房仲間に会うこともできなかったそうだ。

「そんな折、こちらのお邸で女房を募っていると聞き、参上したのでございます。どうか、入内なさる姫君のおそば仕えの一人にお加えくださいませ」

玉水は両手をついて頭を下げた。

「つまり、そなたは我が家の姫に付き添って宮中へ上がり、かつて仕えていた姫君との再会を期しているというわけだな」

「はい。ですが、こちらの姫君にも心をこめてお仕えいたします」

「なるほど。余所の姫君への忠誠心のため、我が家の姫が利用されるのはあまりよい気がせぬが、それはいい。ただし、そなたに申しておかねばならぬことがある」

玉水は顔を上げた。

「今の帝のおそばへ上がっている姫は一人もいない。ゆえに、そなたの仕えていた姫君も宮中にはおられないのだ」

玉水の顔が不意に強張った。

「そんなはずはございません。姫さまが御所へ上がられたのは嘘偽りなき真実でございます」

「では、そなたの言う姫さまの名は分かるか。父君の名でもよいが……」

玉水が少し間を置いた後、おもむろに口を開いた。

「父君はお亡くなりでございました。姫さまのお名前は『得子』さまと——」

「得子……」

今度は、重盛の表情が強張った。

「思い当たることがおありなのでございますね。姫さまは今、どうしていらっしゃるのでございましょう」

玉水が身を乗り出すようにして問う。

重盛は緊張した面持ちで、玉水を見つめ返した。

「私は初め、口から出まかせを言っているのかと思った。こうして夜半に訪ねてきたのも、奇をてらって己を売り込もうとしてのことか、と――」

「私は出まかせなど申し上げてはおりません」

「だとしたら、そなたは人ではないな」

重盛はゆっくりと言った。玉水の顔が一瞬で蒼白になる。

「初めに見た時から妙な気はしたが、そう考えれば腑に落ちる」

重盛は人ではないものを前にしつつも、決して動じることがなかった。

「そなたの仕えていたという姫君はすでに亡くなっておられる」

「え……」

「姫君と申し上げるのもおそれ多い。鳥羽院にお仕えし、近衛の帝の母君となられた美福門院さまだ。お亡くなりになられたのはもう十年以上も前のこと。決して若死になさったわけではない。その時には不惑を越えておられた……」

玉水の体がふるふると震え始めていた。

「もしもそなたが人であれば、美福門院さまがそなたくらいのお年だった頃、そなたはまだ生まれてもいまい」

玉水はもう何も言わなかった。両手で顔を覆い、声を出さずに泣き始めた。しかし、それも長くは持たず、やがてしゃくり上げ、そのうちおいおいと声を放って泣き出したのである。

何という無作法な娘なのか。我が主人の前で、遠慮もせずに声を上げて泣くなど──。

小烏丸は憤った。

それでも、重盛は玉水を一言も咎めず、その場から追い払おうともしなかった。気が済むまで泣かせてやろうという重盛の優しさに、小烏丸は半ばあきれつつ、半ば嬉しさを覚えてもいた。

玉水のしゃくり上げる声だけが夜の静寂（しじま）を侵し、その他の物音はいっさいしない。そんな時がどれほど経ったのだろうか。

突然、妙なことが起こった。

泣きじゃくる娘の後ろの床に、ふさふさした褐色の尻尾が現れたのだ。重盛や小烏丸がそれに気づいた次の瞬間、室内に風が巻き起こった。

びゅん──と音を立てて、風が吹き抜けていった後にはもう、玉水の姿は室内にはなかった。

重盛はすぐに小烏丸を手に取り、庭に面した戸へと駆けつけた。先ほど娘の立っていた同じ場所に、小狐が一匹、ちょこんと座り、こちらを見つめていた。

小狐は重盛と目が合うなり、上空の月に向かって、コーンと高らかに鳴いた。悲しそうにも聞こえたが、礼を述べているふうでもあった。

一声鳴いた後、狐はくるりと背を向け、走り去っていった。

四

柔らかくてくすぐったいものが顔に当たるのを感じて、小烏丸が目を開けると、そこにあったのは狐の尻尾であった。

「何だ、無礼な」

と、小烏丸は不服の声を上げた。

玉水め、新入りのくせに、我の眠りを邪魔するとは不届きな奴め——とばかりに、小烏丸は玉水の尻尾を嘴で突いた。

きゃん――と鳴いて、狐の玉水が起き上がる。自称するところでは雄の狐だそうだが、人の姿になると女にしか見えず、人の女の所作もうまいし、まったく雄だか雌だか分からない狐であった。

何でも、かつて人の女に化けて何年も暮らしたとかで、今でも人の姿になると、女のように振る舞ってしまうのだそうだ。

「痛ーい。何をするんですか、小烏丸さん」

起き上がった玉水は、小烏丸の姿を目に留めるなり、抗議の声を上げた。

「我の眠りを妨げた罰であるぞ。心して……」

と、言いかけた小烏丸は、「おぬし、どうした？」と突然、声の調子を変えて訊いた。

「どうしたって、何がですか」

「泣いているではないか」

「え、泣いて……？」

玉水は啞然とした様子で、自らの手を顔へ持っていく。

「そんなに痛かったのか。力の加減はしたつもりであったが、何せ、我の立派な嘴にかかると……」

「いえ、口で言うほど痛くはなかったです」

玉水は顔をこすりながらあっさり言った。

「んん?」

「泣いていたことには、言われるまで気づきませんでしたが、今見ていた夢のせいですね」

「夢……か」

そう言われると、小烏丸自身も今の今まで、夢を見ていたように思う。だが、小烏丸はどんな夢を見ていたのか、まったく思い出せなかった。ただ、不思議なことに、玉水を見ていると妙に胸が騒ぐ。

「ちなみに、おぬしの見た夢について聞いてやろうではないか」

玉水を慰めてやろうという気持ち半分、自分の胸騒ぎの理由を知りたいという気持ち半分といったところで、小烏丸は言った。すると、

「何を偉そうな口を利いている」

別のところから、尖った声が飛んできた。忌々しい白蛇めがいつの間にか起きていたらしい。

ここは竜晴の部屋で、夜は皆が集まって寝る。これまでは竜晴と付喪神二柱だけだったが、これに昨晩から狐が加わっていた。

竜晴は見当たらないから、先に起き出してしまったか。いや、昨晩は神事を行うとかで、床には就かないと言っていたはずだ。

「私の夢なんて、お話しするようなものじゃありませんけど、聞いてくださいますか」

玉水が小烏丸に向かって尋ねた。聞いてもらいたそうなので、小烏丸はうなずき、抜丸も余計な口は利かなかった。

「昔、お仕えしていた姫さまのことを夢に見ていたのです。姫さまと一緒に暮らした仕合せな日々を……」

と、玉水は小烏丸たちが御伽草子の『玉水物語』で知っているのとおおよそ似通った話をした。ただ、玉水の話には続きがあった。

「私は姫さまのおそばを離れた後、山で嘆き暮らしていたのですが、その間に何年が過ぎたのか分からなくなってしまいました。ある時、姫さまが泣いておられる夢を見て、居ても立ってもいられなくなり、もう一度勇気を出して人里へ下りていったんです」

何とか姫に近付く手立てを探ってみたが、かつて姫と一緒に暮らした邸へ出向いても、何やら話が通じない。そのうち、とある邸で入内する姫君の女房を募っているという話を聞き、そこを訪ねていった。

「それが、小松内府（こまつのないふ）と呼ばれるお方のお邸だったんです」

「おお、それはかつて我が主人であったお方だ」

と、小烏丸は明るい声を上げた。

「我自身は記憶にないのだがな。この抜丸が教えてくれた」

「感謝するがいい」

と、抜丸が余計な口を叩く。

玉水はその平重盛の邸で、自分が仕えていた姫が美福門院と呼ばれる身になっていたこと、その時にはすでに亡くなっていたことを、重盛から教えてもらったと語った。

「美福門院だと？　おぬし、美福門院にお仕えしていたのか」

その時、抜丸が驚いた声を上げた。

「抜丸さん、姫さまのことをご存じなんですか」

玉水が飛びつかんばかりの勢いで抜丸に訊いた。

「いや、間近に見たことがあるわけじゃない。ただ、鳥羽院のご寵愛を受けた美福門院のことは、当時から評判だった。何でも、二尾の化け狐が取り憑いていたという噂があったんだ」

「二尾の化け狐って、昨日、私が四谷の稲荷社でつかまった……」

玉水が身を震わせた。

「まあ、鳥羽院のご寵愛があまりに深いので、狐の仕業だと、誰かが流したまやかしの話かもしれない。けれども、『御伽草子』に出てくる玉藻の前は、鳥羽院に寵愛されたことになっており、あの話は美福門院のことだとも言われているんだ。もちろん、帝のお母上になったお方のことだから、あからさまにそれと分かるような書き方はされていないが……」

「私、姫さまのご最期がどんなものだったのかも知らないし、その『御伽草子』のことも知らないのですが、姫さまはつらい人生を送られたのでしょうか」

玉水が思い詰めた様子で、抜丸に問うた。聞くのは怖いが、聞かずにいるのもつらい——そんな葛藤が表情からは見て取れる。

「いや、そうでもないんじゃないか。鳥羽院からはご寵愛を受けていたし、何といっても、帝の母君になられたのだから、ふつうに考えれば、人の女として栄華を極めたご生涯と言えるはずだ」

抜丸が慎重な口ぶりで答えた。

「そうでしたか。化け狐に憑かれたと聞いて胸が痛みましたが、今のお話で安心しました」

玉水がほっと息を吐く。

「おぬしは、その姫さまへの執心ゆえに成仏できず、野狐となってこの世に留まったのであったな」

小烏丸が尋ねると、玉水は「そうなんです」と隠し立てするそぶりは見せずにうなずいた。

「でも、こちらに置いてもらえることになって、長い間、誰にも訊けなかった姫さまのことをも教えていただけて、本当によかったです」

　玉水は小烏丸と抜丸に向かって、両手を合わせた。神を名乗る身ではあるものの、そうやって合掌された経験のない二柱は思わず顔を見合わせる。それから照れ隠しのように、小烏丸は羽をばたつかせ、抜丸は身をくねらせた。

「安心してばかりはいられないぞ。化け狐は那須野へ逃れて殺生石になったそうだが、ついこの間、よみがえって悪さをしたばかりでなく、事もあろうに竜晴に楯突いたのだからな」

　小烏丸が重々しい調子で言う。

「あの化け狐は本当に怖かったです。宮司さまのお蔭で助かりました」

「まあ、竜晴なら当たり前のことだ」

「竜晴さまに敵う者などいないからな」

　小烏丸と抜丸がもったいぶった様子で玉水に言う。

　その時、部屋の戸ががらりと開けられた。

「お前たち、そろそろ夜明けだ。お、もう起きていたのだな」

　徹夜で神事を行った竜晴が現れたのである。一晩寝ていないことなど何でもない様子で、いつもと変わらぬ姿であった。

「あ、ただちに朝餉(あさげ)のご用意をいたします」

玉水がぴょんと両耳を立てて言った。

「うむ、では頼もうか」

竜晴が言うと、玉水はすぐさま人の姿に変じた。最初は竜晴が呪法をかけたそうだが、もともと化けるのは得意だとかで、今は自力で変身する。

「竜晴さまのお膳の用意は私の仕事です」

抜丸が——これは自力では変身できないゆえに焦って、竜晴に訴える。

「うむ、それでは、玉水にいろいろ教えてやってくれ」

と言って、竜晴は抜丸を人型に変えた。

そして、人の姿になった抜丸と玉水はそろって部屋を出ていった。人間になった玉水は、少女のようにしか見えなかった。

七月八日のその日、伊勢家からはいつものようにアサマが飛んできて、一つの報告をした。

大奥を追われたお駒は伊勢家の預かりとなっていたが、貞衡はお駒を女中として屋敷に置くつもりであるという。お駒は妖狐に憑かれていた時のことははっきりと覚えておらず、これ以上の咎めがないようにと、貞衡の意を受けた天海が、春日局に口利きしてくれることになったらしい。

「いずれ我が主からも知らせがあるだろうが、お駒についてはもう心配はいらぬだろう」

アサマは竜晴たちにそう告げて帰っていった。

入れ替わるように、やって来たのは花枝と大輔である。竜晴が縁側に姿を見せるなり、

「昨日は、宮司さまと泰山先生に大変なご迷惑をおかけいたしました」

と、花枝は庭先で深々と頭を下げた。

「花枝殿のお詫びの言葉は、昨日、泰山より聞きましたが、もう大事ありませんか」

竜晴がいつもと寸分違わぬ調子で応じると、花枝は少しほっとした表情を見せた。

「はい。六日にお楽さまとお会いした時のことまでは分かるのですが、その後のこ

とはほとんど覚えていなくて……」

「案じるには及びません。何ものかに憑かれていた人にとって、当たり前のことですから」

「はい。そういう人をこれまでにも見てきましたので、それと知ってはいたのですが、まさか自分がそうした目に遭おうとは、まったく思いも致しませず」

恐縮した様子で言う花枝に、竜晴は黙ってうなずいた。

「竜晴さま。姉ちゃんは大奥に上がるのはやめるんだって」

その時、大輔が横から口を挟んだ。

「ああ、そのことも泰山から聞きました。泰山も大輔殿も安心したことでしょう」

「はい。お楽さまご自身が取り下げられたことに、私は従っただけですが、そのこと一つをとっても、お楽さまは強くなられました。私がおそばでお守りしなくとも、きっとご自身の力で仕合せになられると思います。私は余所ながらそれをお祈りしようと思います」

花枝はもはや迷いのない口ぶりで言う。

「お祈りするならさ、この小鳥神社でするんだよね」

大輔の言葉に、花枝はうなずいた。

「そうね。私たちはこの神社の氏子ですし、神さまも願いを聞き届けてくださるでしょうから」

花枝がちょうど言い終えた時、竜晴の背後に玉水が現れた。

「宮司さま、お客さまですか」

小首をかしげ、竜晴を見上げながら問う。花枝と大輔は呆気に取られ、言葉を失っていた。

「ああ、こちらは氏子のご姉弟で、花枝殿と大輔殿という。泰山同様、よく来てくださる方たちだから、お前も覚えておくように」

「あい」

玉水は素直に返事をした。

「ちょ、ちょっと、竜晴さま。その子、誰だよ」

「今のお口ぶりでは、まるでこの神社に住んでいるかのように聞こえましたけれど」

花枝が顔色を変えて竜晴に問うた。

「その通りです。これは玉水といって、知り合いから預かりました。私の身の回りの世話をしてくれる者です」

「玉水って、あの『御伽草子』の狐と同じ名前じゃないか」

大輔が言うと、玉水が「あい」と答える。

「名前のことより宮司さま。ここで宮司さまと一緒に住むっておかしくありませんか。他に同居の方はいらっしゃらないところへ、お、女の子が一緒にだなんて」

花枝がめずらしく、竜晴に食ってかかる。

「そういえば、泰山も同じようなことを言っていましたね」

いったい何を心配されているのかよく分からない、という顔つきで、竜晴が呟いた。

「そりゃあ、ご心配にもなります。大体、この子の親がよく承知……。まさか、成人した暁(あかつき)には、宮司さまがおもらいになるお約束でもなさったのですか」

竜晴が口を開くより先に、

「あのう、私は男の子なんです」

と、玉水がおずおずと口を挟んだ。

「えっ、男の子？」

花枝と大輔が同時に声を上げる。花枝はまじまじと玉水を見つめ、

「でも、着物も女の子のような色合いですし……」

と、首をかしげた。

「ああ、これには、ちょっとしたわけがありましてね。玉水は今まで女の格好をして過ごしてきたのだとか。こちらの方が落ち着くと言うので、好きにさせているのです」

竜晴が答えると、

「それじゃあ、男が女みたいな格好してるってことなんだね」

と、大輔が納得したように言う。年下の少年ということで、急に親しみを覚えたようであった。

「で、でも、男の子なら、ちゃんとそれらしい格好を――」

花枝がおずおずと言いかけるのを、大輔は遮って、

「そんなの、別にどうでもいいんじゃねえの」

と、言った。

「こいつがしたいようにさせてやればいいじゃん。自分がしたいことを、他の奴の考えで捻じ曲げられるのって、すごく嫌なことだろ」

「そう……かもしれないわね」

花枝はそう呟いてうなずき、小さく息を漏らした。

「あ、そうだ。お客さまにすぐ麦湯をご用意いたします」

玉水が思い出したように言い、竜晴がそれなら上がって待つようにと、花枝たちに勧めた。玉水が奥へ引っ込んでしまうと、

「あの玉水という子、どこかで会った気がするんだけれど、あんたはどう？」

と、花枝が小声で大輔に訊いた。

「そうか。俺は見覚えないけど」

「私も突き詰めて考えると、何も浮かばないのだけれど……。不思議と懐かしい気がしてならないのよね」

花枝は首をかしげながら、大輔と共に縁側から居間へと上がった。庭先からその姿が見えなくなるのを待ちかねたように、庭木の枝にとまったカラスがカアと鳴く。

「玉水もなかなかよくやっているではないか」

と、言う小烏丸に、

「客人に声をかける前に、麦湯の用意はしておくべきだ。あれでは、とうてい私には及ばない」

と、縁側の下から這い出した抜丸が言い返す。

「お前はいつも、言うことが厳しすぎる」

寛容ということを覚えるがいい――と、小烏丸は偉そうに言った。カアカアと立て続けに鳴くカラスの声が初秋の空に吸われていった。

【引用和歌】
色に出て言はぬ思ひのあはれをも　この言の葉に思ひ知らなん（『玉水物語』）

【参考文献】
藤井乙男校註『御伽草紙』（有朋堂書店）
横山重・松本隆信編『室町時代物語大成　第八』『室町時代物語大成　第九』（ともに角川書店）

この作品は書き下ろしです。

狐の眉刷毛（きつねのまゆはけ）

小烏神社奇譚（こがらすじんじゃきたん）

篠綾子（しのあやこ）

令和3年12月10日　初版発行

発行人――石原正康
編集人――高部真人
発行所――株式会社幻冬舎
〒151-0051東京都渋谷区千駄ヶ谷4-9-7
電話　03（5411）6222（営業）
　　　03（5411）6211（編集）
　　振替00120-8-767643

印刷・製本―図書印刷株式会社

装丁者――高橋雅之

幻冬舎時代小説文庫

ISBN978-4-344-43152-2　C0193　し-45-4

幻冬舎ホームページアドレス　https://www.gentosha.co.jp/
この本に関するご意見・ご感想をメールでお寄せいただく場合は、
comment@gentosha.co.jpまで。